ダッシュエックス文庫

JN178263

メルヘン・メドヘン フェスト
〜魔法少女たちの前日譚〜

伊瀬ネキセ　斧名田マニマニ　慶野由志
原作：松 智洋／StoryWorks

Characters
インド校
ラヴェーナ
『千夜一夜物語』
マハーカーリー
『ラーマーヤナ』
アムリタ
『王子と指輪』
エーシャ
『黒ヤージュルベーダ』
アメーシャ
『白ヤージュルベーダ』

第一章

インド校「商人とお姫様」

著／伊瀬ネキセ

1

これはとある商人とお姫様の物語。


「ところで、マハーカーリーとは上手《うま》くやれているのかい？　ラヴェーナ」

垢抜《あかぬ》けたデザインのティーカップから立ち上る、香り豊かな湯気の向こう側で、父は穏やかに問いかけてきた。

「はい。お父様」

ラヴェーナは短く的確に答え、アメジスト色の目を偉大な家族へと固定する。

やや癖《くせ》のある黒髪にターバンを巻き、一人前の商売人を気取る大商人の娘。十六歳の顔立ちには幼さが残り、あちこちぺったんこな体つきも成熟した大人にはほど遠い……と自虐交じりの自己分析《ぶんせき》をしているものの、父の応接間に来て何よりも強く感じる差は、商人としての腕前──格の違いだ。

自覚せず下げた目線の先には、さっき少しだけ口をつけてほったらかしの自分のお茶がある。

手を出さないのは不味《まず》いからではない。父が出してくるチャイはいつも抜群に美味《おい》しい。

ただ、おかわりは許されなかった。

この一杯で、過不足なく、対話を終わらせなさい、という父からのいつもの課題。いや、遊びと言った方が近いか。要は、今日の話はどれくらい長くかかるのかを推測し、それをお茶の飲み方で示せということなのだ。

商人にとって、これから会う相手の情報収集は基本中の基本。

彼がどれほどの話をしたがっていて、こちらはどれほどの話を必要としているか。事前に調査し、予測を立てる。家族とはいえ遠慮は無用。そういう間柄《あいだがら》だ。

ラヴェーナの父親は生粋《きっすい》の商人だった。

インド国内有数の商人コミュニティ〈マルワリ〉に連なる豪商。

祖父はそれほど金持ちではなかったというから、ラヴェーナの家の財産というのは、父の一代で築かれたということになる。並々ならぬ苦労があったに違いない。

そんな彼は、いつ、いかなるときでも人を〝量ろう〟とする癖がある。そして同時に〝量られる〟ことを喜んだ。ある種の自信家であり、つまりは努力家だった。

ラヴェーナの大好きな父親だ。

「それはよかった」

父親は鷹揚《おうよう》にうなずく。彼のチャイはまだ少しも減っていない。

（長くかかるのかな……）

上目遣《うわめづか》いにこっそり父の顔をうかがう。

父が仕掛けてくるこの遊びには一つの対抗策がある。

相手と同じ飲み方をするのだ。

単純だが、あなたのリズムに合わせる、という意思表示にもなり、相手側から不興を買うことはない自然な作戦だった。

対話が始まって肌感覚で十五分ほど。少し渇《かわ》いてきたのどのいがらっぽさを誤魔化《ごまか》すように、ラヴェーナは横髪の先を、ちょっとだけねじる。困ったときの単なる手癖だが、これのせいで一部分の癖毛が悪化しているという懸念《けねん》もなくはない。

「どれほど通信技術が発展しても、世の中、結局は人と人だ。相手をよく知り、相手をよく好きになってこそ、商売というのは上手くいく。魔法使いの世界というのは、今の妻と結婚して初めて知ったものだが、原則、相手が人間であることを忘れなければよい取引ができるだろう」

「はい。お父様」

「特にマハーカーリーと懇意《こんい》にしておくことは、今後、我々に大きな利をもたらしてくれるはずだ。あの少女には、色々な人が期待しているからね」

マハーカーリーという名前を聞くたび、ラヴェーナの心臓は大きく脈打つ。

ラヴェーナが通うパドマ魔法学校において最強、そして天上天下《てんじょうてんげ》において唯我独尊《ゆいがどくそん》なマハーカーリーは、魔法使いたちが住む裏の世界はもとより、表の世界の代表であるインド政府が直《じか》に目をつけるほどの少女である。

『原書使い見習い《メドヘン》』として彼女が持つ物語は、インドの代表的な叙事詩である『ラーマーヤナ』。

クシャトリヤと呼ばれる武門・王族階級の人々が活躍するこの物語は、まだ文字の読めない小さな子供ですら、口語りで聞かされて知っているほど民衆に浸透している。

そんな強大な物語を持つ将来有望な彼女は、国内の各方面から多額の付け届け――お金――を押しつけられており、使い道を探しあぐねている。商売人からすれば、口から金貨を吐き続けるありがたい神像のようなものだった。

父親もそれを狙《ねら》っている。

魔法使いではない父自身はタッチできないので、娘である自分を通じて。

それは商人として当然のこと。何も恥ずべきことではない。むしろ、それを放置しておくことの方が無礼というものだ。使える手段は何でも使う。それに、辣腕《らつわん》の商人が自ら歩み寄るということは「あなたは魅力的だ」という意思表示なのだ。相手を踏み台にする意図などない。

父を超える大商人を目指すラヴェーナだって、考えは同じ。

結果すでに、マハーカーリーと取引した金額は、バカにならない桁数《けたすう》になっている。

ただ、一つ、彼女が父や他の人間と違うのは……。

「よし、では今日の話はこれで終わりだ。頼まれていた商品は、おまえの部屋に運ばせておいた。学校、頑張りなさい。ヘクセンナハトというお祭りの代表にも選ばれたんだろう？」

「はい……えっ？　もう終わり？　だって……」

ラヴェーナは慌《あわ》てて父親のティーカップを見る。結局、一度も口をつけることはなかった。

彼は笑った。

「わたしは、おまえが部屋に来る前に五杯もおかわりをしていたので、もう胃袋にチャイの池ができているよ。よかったらわたしの分も飲むかい？」

「ずっる……！　ずるいよお父様！」

ラヴェーナは思わず立ち上がって叫んだ。父はますます面白がって笑う。

やられた。

見えやすいところに手がかりはない。むしろそれは引っかけだ。

話を始める前の一口目さえ飲まないのなら、その不自然さの方こそ推《お》し量るべきだった。

これが父親の教育方針。ラヴェーナも兄たちもこうして育てられてきた。優秀で狡猾《こうかつ》な商人に。

「失礼しました！　また来ます！」

二杯のチャイを一気に飲み干し、家に三つもある応接間の一つから肩を怒らせて出てきたラヴェーナは、後ろ手に扉を閉めるなり歯をぎりぎりと鳴らした。

（くっそー！　わたしだって、魔法学校で結構色んな人を見て、力がついてきたと思ってたのに！　あんなのないよ！　最初から騙《だま》す気満々だったじゃないか！）

しかし、それを見極められないようでは、父を超えるなんて夢のまた夢だ。

「女は商人には向かない」とバカにしてきた兄たちの笑い声が、耳元に蘇《よみがえ》るようだった。頭に血が上りそうになる。が。

（いや、こういうときこそ、ダメージコントロールが重要だ……）

失敗したときは、怒り嘆《なげ》くのではなく、別の側面からそれを見る。それも父の教え。

（今回のことで大きな教訓を得た。損失は、積み上げ途中だったちっぽけなプライドだけ）

二つを秤《はかり》にかけて……よし、安い！　この失敗は買いで正解！

（……そう思おう……）

というテクニック。父も、伊達《だて》に山ほど失敗していない。

ラヴェーナは自分を慰《なぐさ》めながら、慣れ親しんだ屋敷の廊下を、自室へと歩いていく。

時折出会う中年のメイドたちとの会釈《えしゃく》もすっかり習慣だ。

パドマ魔法学校は全寮制で、家に帰るのは特別な用事があるときだけ。魔法使い見習いたちの中でも、ラヴェーナはその頻度《ひんど》が極端に多かった。

その理由は。

「おおっ、これこれ！」

自室にたどり着いた彼女は、部屋に置かれていた段ボールからアフリカ産の珍しいお香を取り出し、途端に笑顔になった。さっきの失敗なんてもう忘れた。ついでに教訓も忘れかけた。

父の交易ルートを借りたから、少し値は張った。でも、その価値はある商品だ。

並の商人では手に入れるのに何カ月もかかるだろう。しかし、父はそれを数日で取り寄せてみせる。普通の人間なのに魔法じみた手腕だ。ラヴェーナには到底真似できない。いつか追いつきたいと思う。でも、今はそれどころじゃなくて。

「えへへ……。姫様、喜んでくれるかなあ……」

異国のパッケージの向こうに、これを渡す相手、マハーカーリーの澄ました顔が見えてきて、ラヴェーナの頭の中を埋め尽くす。表情はちょっと家族には見せられないくらい緩《ゆる》んでいた。

父のように、マハーカーリーの御利益《ごりやく》に与《あずか》ろうという人間は多い。

彼女の人気に便乗して自分の評価を上げようという魔法使いも多い。

ラヴェーナがそんな人々と大きく違う点は……。

「待っててくださいね。すぐ学校に戻りますから」

商売抜きに、マハーカーリーのことが本当に大、大、大好きなことだった。

2

世界最大規模の生徒数を誇るパドマ魔法学校は、インド中から魔法使いの卵が集められている。

蓮《パドマ》という名前の由来《ゆらい》からすれば、卵というより種か。

泥の中で芽吹きながら、その花びらには一点の汚れもない蓮《はす》。「君たちもそうなんだよ」という学校からの優しいメッセージではあるが、そこに通う生徒たちはこぞって、その後に「開花できればの話だけど」という余計な一言を加える。

インドの人口は多い。

人口が多いから、それに比例して魔法使い見習いも多い。よって、その中でも特殊な立場に

あるメドヘンも多くなる——というのは早計だ。

見習い、一人前を問わず、『原書使い』の多さはその国に眠る物語の多さに比例している。

インドには、世界的に見ても並はずれて多くの物語があった。

その理由は、インドの物語は口伝《くでん》を源流としているからだとされている。

誰が語ったのか、どこに起源があるのか、などの来歴が不明なままの〝オーファンワークス〟と呼ばれる物語も『原書』として書架に収められるのだ。

結果、物語に選ばれるメドヘンたちも多くなり、それだけ競争も激しくなる。

人口がどれだけ増えても、一番は二個には増えないし、三番が二番と同格になることもない。

ただただ、日の当たらない人間が増えるだけ。

しっかりと魔法の力を発揮できる者がいれば、そうでない者も、またいる。

ラヴェーナがマハーカーリーと初めて出会ったのは、ラヴェーナがまだ殻《から》にこもり、泥の中でまどろんでいた頃だった。

彼女の『原書』の登場人物であるシンドバッドが、偉大なるガンジス川をサーフボードで逆走するのを目撃したような衝撃だった。

十歳にも満たないマハーカーリーは、同世代の魔法使い見習いの中で、すでに大輪《たいりん》の花を咲かせていた。魔力的にも。そして魅力的にも。

すっきりとした鼻筋。切れ長で艶《あで》やかな双眸《そうぼう》。瑞々《みずみず》しい唇は、いつも悠然《ゆうぜん》とした笑みを浮かべた蓮の花。浅黒い肌は同じ色の宝石のように輝いていて、灰色の髪は、一つの歪《ゆが》みもなく真《ま》っ直《す》ぐだというのに、ふれると（さわらせてもらった！）器《うつわ》からこぼれるハチミツのように柔らかだった。

父に並ぶ大商人になる、という夢を兄たちから徹底的にバカにされ、悔しさとコンプレックスで、過積載のラクダのように喘《あえ》いでいた当時のラヴェーナが、マハーカーリーという少女の完成された姿に、憧《あこが》れ以上の感情を抱くのはごく当たり前のことだった。

これほどに夢中になるのは少し想定外だったとしても。

出会って以来、ラヴェーナの目は、ずっと彼女の姿を追っている。

（今日もわたしは、姫様のことが好き）

しんと静まり返った教室で、ラヴェーナは隣に座るマハーカーリーを盗み見て、体温計を脇に挟むよりもお手軽に、自分がいつも通りであることを認識する。

灰色の長い髪をカチューシャ風に編み込んだ制服姿のマハーカーリーは、初めて会ったときよりもさらに洗練された美少女になっていた。

時間の流れは、確実に彼女を上向きに成長させた。小さい頃は可愛かったのに、大人になるにつれ平凡な顔つきになっていくというのはよくある話だが、マハーカーリーの容姿で輝きが鈍《にぶ》った場所など一つもない。

数年前のアルバムを繙《ひもと》いても、今と大差ない自分が映っているラヴェーナとは大違い。

（姫様、綺麗だな。同じ人間なのかな……。それともわたしが人間じゃないのかな……）

などと、奇っ怪なネガティブ思考まで浮かんでくる始末。

そしてそれが不幸せに思えないほど、ラヴェーナはマハーカーリーが好きだった。

ただ、その素直な気持ちを明かすことはできない。

自分と彼女では、容姿も立場も魔法の実力も、あまりに違いすぎた。同じ魔法使い見習いで、同じ『原書使い見習い』なのに、住む世界が違うのだ。

そんな身分違いの好意を、どうにか折れさせずに保ち続けてこられたのは、ひとえに商人としての役割があってこそだった。

マハーカーリーの影響力は強い。

どんなわがままも、学校内なら大抵通る。

そんなお姫様は、校舎の空《あ》き教室をぶち抜いて、自前のサロンを作ってしまっていた。

そしてそこに、お気に入りの女の子たちを集めている。いわゆるハーレムだ。

パドマ魔法学校に通う生徒ならこのハーレムの存在を知らない者はなく、そこに加わることは、女子たちの大きな憧れだった。

年次頭の抱負が「魔法の腕を上げること」ではなく「マハーカーリーのハーレムに招かれること」という生徒すら出るほどだ。そろそろ入学パンフレットにも写真入りで載《の》せていいレベルの名物になってきている。

ラヴェーナは、そんな男子禁制のハーレムのお抱《かか》え商人という立場を得ていた。

一応、マハーカーリーから直《じか》にハーレムに誘われたのがきっかけではあったが、ラヴェーナ自身はそれを、物資調達能力を買われてのことだろうと考えている。

何しろ、褒《ほ》められる容姿でもなければ、お姫様を楽しませられるような、歌や踊りといった特技もない。

認められたのが商才だというのは、大商人を目指す身としてはそれはそれで嬉しいのだけれど、他の煌《きら》びやかな花々に比べると、「この花の茎は美味《うま》い」とか「この草は煮ると虫除《よ》けになる」とか言われているようで、見劣り感は否《いな》めない。

だからせめて、マハーカーリーの要求にはいつも完璧に応《こた》えたいと思うし、彼女が気に入りそうな珍品は、機を見計らって紹介するようにしている。

もちろん代金はもらうから、商売をしているようにしか見えないかもしれないが。

ラヴェーナがメドヘンとして持つ物語は『千夜一夜物語』。

とある娘が、主《あるじ》である王様に飽きられて殺されぬよう、毎夜毎夜、数々の物語を聞かせるというストーリー。そこで語られるお話の中に、『アラジンと魔法のランプ』、『船乗りシンドバッドの冒険』、『アリババと四十人の盗賊』などの有名作が出てくる。

ラヴェーナもまた、姫様に振り向いてほしくて、世界中の品物を届け続ける。

今よりもっと近くに。

今よりもっと親しくなりたくて。

でもそれは、きっと無為な行いだ。

と。

「…………」

ぬっと現れ、ラヴェーナの視界を埋めた笑顔が、彼女を凍りつかせた。

この授業を担当する女性魔法教師だった。

笑顔でも目は笑っていない、どころか、ベンガル虎のような殺気がこもっている。

ガン見の圧殺力に半瞬で負け、ラヴェーナは慌《あわ》てて顔を自分の正面下へと戻した。

そこには作りかけの砂絵があった。

今は、砂マンダラの授業だったことを思い出す。

砂マンダラは、奇妙な風習が多い魔法世界でも、インド校だけで行われる特殊な訓練方法だった。

マンダラとは、密教の教えに基《もと》づき、神仏が集合する様子を図式のように描いたものを指す。見た目には、西洋魔法の魔法陣やセフィロトの樹に近い。

砂マンダラはそれを筆ではなく、色のついた砂で描く。

教室がしわぶき一つないほど静まり返っているのは、ちょっとした溜息一つでさえ、砂が飛んで絵が台無しになってしまうから。

魔法学校の授業が、本来の砂マンダラと大きく違う点を挙げるとすれば、下書きをせず、自分の魔法のイメージのみを頼りに砂を落としていくことだろう。

魔法を使う際の精神状態を絵で表現し、より明確に形にすることで、その効果を高めようという試み。魔法の巧拙《こうせつ》を問わず、この学舎にいる生徒にとっては重要な授業だ。

ほとんどの課題を鼻歌交じりでクリアできてしまうマハーカーリーも、この時間ばかりは集中して笑み一つ浮かべない。

精神の中にある魔法の図式は、日によって、あるいはそのときのメンタリティによっても微細な変化をする。それを捉《とら》えて正確に模写するのは、一流の魔法使いでも難しい。

雑念に囚《とら》われまくっていたラヴェーナが、まともな絵を描けるはずもなかった。

（ああ、居残り確定……）

ただ、マハーカーリーの真剣な横顔を独り占めできたことは、素晴らしかった。この取引は、わずかなチャンスをものにした、自分のキャリアの中でも会心の仕事と言えるだろう。

（だから後悔するな。居残り授業は、買いで正解、だ）

虎と区別がつかなくなった教師の顔を見ながら、ラヴェーナは震える自分をそう叱咤《しった》し、来《きた》るべきお仕置きの時間に備えた。

3

「らしくないのう、ラヴェーナ」

「うひゃあっ」

いきなりお尻の肉をぷにっとつままれて、ラヴェーナは飛び上がった。

あたふたとソファの端まで逃げてから振り返れば、そこにいるのは悪戯《いたずら》っぽい微笑を浮かべたマハーカーリーだ。

「ひっ、姫様。何をするんですかっ」

ラヴェーナは顔を真っ赤にしながら、いそいそと制服のスカートの歪《ゆが》みを直す。

「なに、ソファの上に、可愛いお尻が立っていたのでな。さわらんのは失礼じゃろう？」

「〜〜〜〜っ」

気恥ずかしさのあまり、顔がじんじん痛みだした。

確かに、無様にお尻を立ててソファーに突《つ》っ伏《ぷ》していたのは自分だ。

居残り授業を終えサロンに入ったものの、解放されたのはざっと五時間後。疲れ切ってそのままソファに倒れ込んでいたのだ。

そのときはマハーカーリーがいなかったので油断していた。お尻を軽くつねられたことより、そんな情けない格好で潰《つぶ》れていたのを見られたのが恥ずかしい。

「砂マンダラは終わったのか？」

マハーカーリーはラヴェーナの隣に腰を落ち着けると、朗《ほが》らかな笑みで訊《き》いてきた。

「あ、はい。さっき砂を川に流してきました」

本来の砂マンダラと同様に、魔法学校の授業でも、使った砂は川に流す。密教では水神ナーガへの供養《くよう》とされているが、魔法使い側の理論としては、自《みずか》らの魔法と神を結びつけて、あわよくばご利益を授かっちゃおうという実に小狡《こずる》いおまじないである。

「そうか。おまえは、ここ一番の集中力と観察力においてあの双子をも凌《しの》ぐので、砂マンダラで失敗するのは珍しいと思っての」

「……。し、心配してくれたんですか？」

つい期待を込めてたずねてしまう。

「うむ。しかし、さっき尻をさわってわかったぞ。張りといい弾力といい、特に体調が悪いわけではなさそうじゃな」

「それはお尻が語るものではないです！」

マハーカーリーを眺めて自分の健康状態を測るラヴェーナには言われたくないだろうが。

しかし、彼女の言ったことは半分不正解だ。

今のラヴェーナは、動悸《どうき》息切れに苦しんでいる。

マハーカーリーに気にしてもらえた。集中力を褒《ほ》めてもらえた。それだけで嬉しすぎて具合がおかしくなる。

彼女の言った「双子」というのはエーシャとアメーシャという、いわばマハーカーリーの側近だ。この学校では、マハーカーリーに次ぐ実力者。その二人と直《じか》に比較され、上に置かれているのは、素直に嬉しかった。

（ま、まずい。意識が遠くなってきた……！）

中世ヨーロッパの貴婦人かと自分にツッコミたいが、素《す》のままマハーカーリーに接しすぎた。

彼女の言葉がダイレクトにこちらのハートを打ち鳴らす。早く身を守らないと——

「今、聞き捨てならないことが」

「耳に入った」

両方の耳が別個に捉《とら》えた声が、図らずも、ラヴェーナの心を落ち着かせる要因となった。

ソファの背もたれに寄りかかるようにして仰向くと、鏡合わせのようにそっくりな二つの顔が、こちらを見下ろしていた。

さっき話題に出たばかりのエーシャとアメーシャだ。

肌が白く、髪が黒いのが姉のエーシャ。

肌が黒く、髪が白いのが妹のアメーシャ。

二人とも頭にティアラをつけている。

見間違えることはほぼないが、〝白い方〟〝黒い方〟で覚えようとすると確実に混乱し、性格で言うとどっちも〝黒い〟。

常にマハーカーリーと行動する彼女たちは、魔法の実力だけでなく容姿の美しさでも群を抜いており、ハーレム会員第一号と第二号としても知られている。そのプライドは高い。

会話の中で自分たちのことを引き合いに出されては、寄ってこないはずがなかった。

「マハーカーリー。魔法使いとしての実力は」

「わたしたちの方が圧倒的に上回っている」

この双子は極度の面倒くさがりなのか、それとも日本の和歌《WAKA》にでも凝《こ》っているのか、セリフの上下を分割して話す癖《くせ》がある。

双子ゆえに意思の統一はほぼ完璧で、話す内容は通じるのだが、

「今日はイタリアンが」

「食べたくない」

　などと混線が起こって、二人でにらみ合っていることがたまにある。

　片方が結論まで言い切ってしまえばいいのだが……そうするともう片方の言うことがなくなるのか？　双子は謎がいっぱいだ。

「おまえたちの実力を疑っているわけではないぞ」

　マハーカーリーは二人に微笑を向けた。しかし双子は納得できない様子で、

「さらにお尻の戦闘能力も」

「わたしたちがはるかに勝る」

　と追加の抗議文を提出。

「うむ……。確かにな。おまえたちも端倪《たんげい》すべからざるお尻だ」

　これに神妙な顔でうなずいてしまうマハーカーリー。それを見た双子は、表情の変化に乏《とぼ》しい顔に得意げな笑みを浮かべ、こちらに流し目を送ってきた。

（それは譲る）

　苦笑の奥で早々に白旗を揚《あ》げる。こちらの方が一つ年上ではあるが、この双子にかなわないのは自明の理だ。容姿も、魔法の腕前でも。

　そんな自分だけど、商人としてまだマハーカーリーに話したいことがある。双子には危ないところを助けてもらった恩はあるが、ここは早々にご退場願おう。都合よく、顧客《こきゃく》も来た。

「アムリタ」

ラヴェーナは、近くを通りかかった一人の少女を呼んだ。

緑がかった短髪の、優しそうな垂れ目の女生徒だ。制服の上からエプロンをつけた彼女は、サロンにいるハーレムメンバーのために、自分が淹《い》れたチャイを配っているようだった。

この少女、アムリタの性格は、控えめに言って天使である。

素直で人を疑うことを知らず、献身的で愛らしい。

ハーレムで一番可愛いのは誰かを訊《き》いて回ったら、全員が彼女を推挙するだろう（そして忘れず二番目に自分自身を推《お》す）。

「はい、何でしょう。ラヴェーナさん。あ、お茶をどうですか？」

「ありがとう。いただきます」

湯気の中にある濃厚な甘味が鼻腔《びこう》から入って、早々に口の中を湿らせた。アムリタのチャイは優しい味で人気だ。

ラヴェーナはわざと双子にも聞こえるように言った。

「アムリタ、この前わたしに、ブランドもののブラウスを頼みましたよね。エーシャとアメーシャと三人で、同じのを。見つけてきましたよ」

「「えっ」」

アムリタの驚きの声に、双子のものが加わった。

「大手のネット通販でも売り切れなのに」

「在庫があったの？」

「もちろんです。世界の物流に乗ってない商品はありません。ちゃんと三人分ありますよ」

それを聞いた双子は、豹《ひょう》のように俊敏《しゅんびん》な動きを見せた。さっきの挑戦的な態度から一変、いつもマハーカーリーにしているように、ラヴェーナの肩と腕を恭《うやうや》しく揉《も》み始めたのだ。

「素晴らしいお取り寄せ能力」

「さすがはラヴェーナ。〈マルワリ〉の大商人」

この変わり身の速さはちょっと笑ってしまう。

「すごいですラヴェーナさん。ありがとう！」

アムリタも天使のような無邪気な笑顔を向けてくる。

が、見習い辣腕《らつわん》商人ラヴェーナの本領はここからだった。目をぎらりと光らせる。

「商品は代金と引き換えで。額は、以前伝えたのでいいですよ」

「うっ」

「ぐっ」

途端に、双子の声がくぐもった。

三人が頼んだのは欧州の人気ブランド品。値段もそれなりにする。

インドでは優秀な生徒に補助金が出る。名目上は学業の助けだが、それが実質お小遣《こづか》いであることは、渡す側も受け取る側も承知の上だ。

この双子も、そしてアムリタも、メドヘンの中では上位者だ。それなりに自由に使えるお金を持っている。

計画的なアムリタはまだ大丈夫だろうが、エーシャとアメーシャは少し前に別の商品を買ったばかり。金銭的余裕はないはずだった。

「ラヴェーナ。わたしたちはとても可愛い後輩」

「少しくらいおまけしてくれても、神様は確実に許す」

案《あん》の定《じょう》、双子がすがるように言ってきた。

さっきの突然のマッサージは、これを見越したご機嫌取りでもあったわけだ。その程度の情報を見抜けないラヴェーナではない。これで完全に主導権を握った。

「ダメです。ラヴェーナに友達価格はありません。代金が払えないなら、商品はお渡しできませんね」

「ううっ。さすがラヴェーナ、がめつい……」

「ぐぐっ。〈マルワリ〉は情け容赦なし……」

二人は助けを求めるようにアムリタへと顔を向ける。

「アムリタ。猫の真似をして」

「そうすればおまけしてくれるとラヴェーナは言っている」

「えっ、そうなの？　う、うん。わかった」

心優しいアムリタは双子の言うことを真に受けて、

「に……にゃっ、にゃあにゃあ、ラヴェーナさん、エーシャとアメーシャに、おまけしてあげてほしいにゃあ」

「ダメです☆」

「騙《だま》されたあ⁉」

悲鳴を上げるアムリタに、双子はしれっと告げる。

「ちっ。アムリタの特技でもダメか」

「これで多くの人々を籠絡《ろうらく》し、意のままに操ってきたというのに」

「してないよお！」

『原書使い』は『原書』に似る。アムリタは『王子と指輪』という『原書』を持っているせいか、その物語の主人公である王子と同様にやたらと人を信じ、そして騙されやすい性格をしている。見ている方が心配になるくらいに。

だから腹黒いエーシャとアメーシャには、今のようによくからかわれている。ただ、三人でお揃《そろ》いの服を着るくらいには仲良しなので、誰からも注意はされない。

エーシャとアメーシャが商品を受け取れないうちは、心優しいアムリタも遠慮してそれに倣《なら》うだろう。そこでラヴェーナは困窮《こんきゅう》した三人を見て助け船を出した。

「まあしかし、アムリタの素直さに免じて、今回は分割払いでもいいです。手数料はなし。前金が払えるなら、商品は渡しましょう」

「ラヴェーナ！」

「〈マルワリ〉商人の鑑《かがみ》！」

双子は、助け船に嬉々《きき》として飛び乗ってきた。

「早速お金、取ってくる」

「そこで待ってて」

「さあアムリタも」

「一緒に来い」

ラヴェーナがもやいを解くまでもなく、二人はアムリタの両腕を抱《かか》えて船に引き込み、寮の自室へと漕《こ》ぎ出していった。

パドマ魔法学校の敷地はやたらと広い。寮までは遠く、しばらくは戻ってこないだろう。

これで、またマハーカーリーと二人で話ができる。アムリタはちょっととばっちりだったかもしれないけど。

そう思った矢先、それまで穏やかに見守っていたマハーカーリーの方から話しかけてきた。

「さすがじゃな、ラヴェーナ。あの二人をこうもやすやすあしらうとは、妾《わらわ》にもできん」

「あしらうなんてとんでもない。ちょっと商売のお話をしただけです」

素知らぬ顔で言うと、彼女は笑った。

「相変わらず、おまえに頼めば、どんなものでもたちどころに手に入ってしまうの。まるで魔法のようじゃ」

「……まだまだですよ。わたしなんか」

それはラヴェーナにとって一番の褒め言葉だった。

しかし今、それを素直に受け取ることはできない。

あの三人に渡す商品は、父親の商売に交ぜて取り寄せてもらったものだ。自分の力で手に入れたのではない。

そうした他者を介したネットワークこそ商人の力だという考えを理解しつつも、父の都合なしには手が出せないルートという引け目は残る。

いつでもどこでも、というわけにはいかないのだ。

でも、もし、それができる立派な商人になれたら。自分自身の価値に自信が持てたら。

その時は本当の気持ちを彼女に――

「あ、そ、そうだ。昨日お渡しした、アフリカのお香はどうでしたか？」

ラヴェーナは頭の中で形になりかけていた話を無理矢理現実へと引き戻した。三人が帰ってこないうちに、訊いておかなければいけない話がある。

「うむ、あれか……」

マハーカーリーは、こちらが心の中で前のめりなのを見透かしたように一拍溜《た》めを作り、

「よかったぞ。珍しいものをありがとう、ラヴェーナ」

笑ってくれた。

「あっ……！　は、はい！」

体の中で咲いた嬉しさが、花吹雪《はなふぶき》になって口から吹き出しそうになる。

マハーカーリーの心に誰よりも近づける、最高の瞬間。

見せられる歌も踊りもないけれど、他のどんな少女にも、このアプローチは真似できない。

「ご希望とあれば、サロンで使う用に、今度は多めに仕入れますが」

花びらの嵐のような内面とは裏腹に、ラヴェーナは飄々《ひょうひょう》と話を進める。ハーレム御用達《ごようたし》の商人らしく振る舞う。

「いや、あれは妾個人で楽しむとしよう。国産の香りに慣れている者にとっては、少し風変わりすぎた。好まぬ者もいよう」

「はい。そのように」

商人の衣《ころも》を纏《まと》っているから、まだ冷静な話し合いができるのだ。そうでなければさっきのように、お礼を言われた瞬間、花の蜜《みつ》で溺《おぼ》れる蜂《はち》になる。

本当は、自分が心から喜んでいることを相手に伝えたい。楽しんでくれて、こちらこそありがとうと言いたい。

でも、それはダメだ。心は伝えられない。

「おまえが持ってくる品はいつも魅力的じゃ。このサロンに置く家具を揃えてくれたのもおまえじゃったな」

マハーカーリーは、白亜の大宮殿を思わせるサロン内を見渡した。ラヴェーナもその目線に追従する。

「これを選んでくれたのはあなたです、姫様」

ラヴェーナは敬愛の念を込めて応《こた》える。

床や壁の色に合わせ、あらゆるものが白一色に統一されていた。白は融和《ゆうわ》の色だ。マハーカーリーは、ハーレムの少女たち同士での交流も望んでいる。

この色のリクエストはマハーカーリーからだが、そのための候補を見繕《みつくろ》ってカタログ化したのはラヴェーナだった。父の商売ルートも借りて、世界中から彼女の気に入りそうなものを探した。

無論、どれも一流品。かなりの高額な取引になった。何も知らずに使っている少女たちが聞けば、すぐさまソファから飛び降りることだろう。

そして、ラヴェーナをにらむかもしれない。

マハーカーリー相手でも、ラヴェーナは不用意な値引きはしない。

価値には質量がある――というのが、父からの教えだ。ラヴェーナも納得してその思想を受け継いでいる。

世の中の品物には様々な重力がかかる。ほしいという気持ち、需要、流行という重力が。

商人として、世間がどれほどの加重を生んでいるのか見極める力は必要だ。

しかしそれは、他人が前もってつけた値札に便乗する行為でもある。

信頼できるブローカーから常に買い付けができるなら、他人の価値を鵜呑《うの》みにするのもいいだろう。けれど時として、商人は、一番初めに値札をつける立場になることがある。

不世出の逸品《いっぴん》との出会い。

その価値を正しく品評し、この世の誰にでも一目瞭然《いちもくりょうぜん》の数量化された価値――金額――を貼ることができるのは、質量を見極められる者だけだ。

商人は正しい値踏みをしなければいけない。価値の質量を正しく量る目を養わなければいけない。それが、商品、買い付け先、売る相手、すべてに対する礼儀だ。

ラヴェーナも、自分がつけた値段には、自信と、責任を持っている。

だからその金額は、滅多《めった》なことでは揺らがないのだ。

もっとも……相手を喜ばせるために、ちろっと値引きをするフリをすることはあるけど。

そんな頑固なラヴェーナだから、冗談にせよ本気にせよ、「がめつい」とか「守銭奴《しゅせんど》」とか言われることがしょっちゅうある。それは別にいい。商人に対しての褒め言葉だから。

つらいのは「金のためにマハーカーリーに近づいたのでは」と思われることだった。

あくまで商人として接するマハーカーリーとの距離感や、これまでの取引額を見れば、それは一方的な邪推《じゃすい》とは言えない。

ラヴェーナは、ハーレムの他の少女たちのように、マハーカーリーに思い切りべたべたすることができない。直接的に思慕《しぼ》を伝えることができなかった。

自分の容姿や能力に自信がないからだ。

商才は、つまり、持ってくる商品に魅力があるということでもある。自分にではない。

他の誰に悪く思われてもいい。

でも、マハーカーリーにだけは思われたくない。

(好き。姫様のことが大好き)

それが少女の偽《いつわ》らざる気持ち。

本当は、他の少女たちのように、いや、それよりももっと、マハーカーリーに近づきたい。

でも、彼女はそれを許してくれないかもしれない。

たかが商人。相手はお姫様。

怖い。

拒絶されたくない。

だから本心を隠し、ただの商人でいる。せめて、有能な素振りができるだけの。

そのスタンスは、他の少女たちには真似できない、一種の特権でもあるから。

商談をしているときは、マハーカーリーを独り占めできるのだから。

「これからもよろしく頼むぞ、商人」

微笑んだマハーカーリーに、ラヴェーナは芝居がかった仕草とセリフで応えた。

「仰《おお》せのままに、姫様」

今のわたしは、本当のわたしじゃない。居心地のいい場所に隠れているだけ。

けれど、それが変わるかもしれない。

もうじき、メドヘンたちの戦いの祭典、ヘクセンナハトがある。

優勝者に与えられるのは、どんな願いでも叶《かな》う魔法。

それさえあれば——

4

「『千夜一夜！』」

ブーフ・ヒュレによる戦闘態勢に入ってから、ラヴェーナはすかさず固有魔法を発動した。

肩に担《かつ》いでいた革袋の緒《お》がひとりでに緩《ゆる》み、そこからいくつもの星屑《ほしくず》が尾を引きながら真上へと飛び出していく。

虚空《こくう》にとどまった光は、一つ一つが勇壮な姿の武器。

その総数、実に、一千。

「行けッ！」

切っ先を陽光に白く染め、千の武器が敵チームの頭上へと降り注ぐ。

逃げ場のない圧倒的な面攻撃。

辺り一帯は一瞬にして、突き立つ武器の草原になった。

敵チームの損害、ダウン二人、有効打三人。

我ながら、途方もない威力の固有魔法だ。これで戦いが決することも少なくない。

しかし、どんなものにも欠点はある。

一つ目は、撃ち落ろす武器の密度が思いの外薄《ほかうす》いこと。

間隔を空《あ》けないと、武器同士が衝突し合って勢いが死んでしまうのだ。

大勢を無差別に攻撃するならこれ以上ない魔法だが、少人数を攻撃した際、大部分は無駄撃ちに終わる。万が一、一個人に対して使うことになったら、それはもうこちらの作戦負けと反省するしかない。

そして二つ目の欠点。これが重大。

『千夜一夜』は魔力の消費が莫大《ばくだい》で、一度の戦いで使えるのはせいぜい一回きりなのだ。先制攻撃か、切り札として取っておくか。どちらにせよ、堅実な商人にあるまじき大博打《おおばくち》をすることになる。

それならばラヴェーナは先制攻撃を選ぶ。欠点その一から鑑《かんが》みて、敵が全員揃《そろ》って元気でいる最序盤こそ、『千夜一夜』は最大の効果を発揮する。そして、先制攻撃に手を抜くバカはいない。初手で相手を壊滅させるつもりの全魔力解放だ。

これまではそうだった。

しかし。

「〈ヴァジュラ〉第一形態達成。所要時間、四秒！」

大魔法発動の疲れからその場に片膝《かたひざ》を落としそうになりながら、ラヴェーナは計測係の声を聞き、ふらつく視線で懸命にマハーカーリーを探した。

双子の姉エーシャと共に戦いの前衛を務める彼女の腕には、『千夜一夜』が驟雨《しゅうう》のように落とした武器の一部が握られている。

その数、四。

ブーフ・ヒュレによって戦闘態勢に入ったマハーカーリーには、背中の肩胛骨《けんこうこつ》あたりから黄金の金属で構築された二本の義腕が生え、雷帝《インドラ》か破壊神《カーリー》かという勇ましい異形《いぎょう》になる。

どんな達人でも腕は二本までしかないのに、この四本の腕から繰り出される打撃はまさに飽和《ふさわ》攻撃と呼ぶに相応しく、その威力は「人間相手には過剰《かじょう》すぎる」とまで言われている。

学校側も最初から魔獣《フレック》戦を想定した訓練を組む予定だったというのは、真偽《しんぎ》のほどはともかく、うなずける話だ。

現在、ラヴェーナの『千夜一夜』は、敵に強烈な先制攻撃に加えると同時に、このマハーカーリーの四つの腕に武器を提供する補助魔法としての役割を担《にな》っていた。

武器を持ち、間合いを詰めた彼女に抗《あらが》うのは、今、見えるとおり、敵チーム二人がかりでも困難だ。

「『黒の研鑽《けんさん》』」

「『白の礼賛《らいさん》』」

そこに双子の固有魔法が発動し、マハーカーリーの動きが一層激化した。

繰り出される剣撃はもはや目視の限界を超え、マハーカーリーと相手の中間地点で飛び散る火花としてしか認識できなくなる。

エーシャとアメーシャの固有魔法は武具の働きを強化する効果がある。黒は武器の威力を、白は防具の強度を飛躍的に上昇させる。それがブーフ・ヒュレによって出現した魔力の武具であってもお構いなしだ。

ていた。

双子はそれぞれ、『黒ヤージュルベーダ』と『白ヤージュルベーダ』という『原書』を持っていた。

これは、神事や儀式を行う際に、神格や祭具に呼びかける言祝《ことほ》ぎと所作《しよさ》を記した書物だ。いわば、物体に対して神性を励起《れいき》させるための技能。固有魔法もそれに即したものになっている。

「〈ヴァジュラ〉第二形態達成。所要時間一分三十三秒！」

欠点は、その発動に多くの言葉と、動作が必要になること。

前衛を務める姉のエーシャは、後衛の妹アメーシャと違い、接近戦を行いながらこの準備をしなければいけないため、その難度は想像を絶する。

しかし、それをやり遂《と》げるのが、インド校第二位の実力。

「へ、『蛇の指輪』、発動しました！」

そしてアムリタの柔らかい叫び声と同時に、戦いは終了した。

「〈ヴァジュラ〉最終形態達成。全所要時間は、二分十五秒でした！」

ストップウォッチを片手に持った計測係が大声で読み上げると、周囲から歓声と大きな拍手がわき起こった。

ここはパドマ魔法学校の運動場。

主《おも》に、メドヘン同士の模擬戦に使われる場所だった。

同じクラスの生徒だけでなく、他学年の多くのメドヘンたちが、授業そっちのけで教室の窓から身を乗り出し、この模擬戦を観戦していた。

マハーカーリーは片手を挙げてそれに応《こた》え、エーシャとアメーシャはその両サイドで左右対称の謎の踊りを舞っている。この三人に加え、アムリタ、そしてラヴェーナが、三カ月後に行われるヘクセンナハトへの参加者だった。

「お疲れ様です、姫様」

ラヴェーナはブーフ・ヒュレを解除すると、足下に教師二人を座り込ませているマハーカーリーへと歩み寄った。

インド校最強メンバーの相手は、普通の生徒では務まらない。仮想敵チームは、生徒三名と教師二名という構成だ。教師はまだしも、生徒三名の方は完全にひっくり返っていた。

「うむ。おまえもご苦労だった。相変わらず良いコントロールだ。身構えずとも手の中に武器が滑り込んでくるような感触だったぞ」

「わたし」

「たちは？」

双子が踊りながら割り込んできた。ぼんやりしていると振り回している腕に〝事故で〟引っぱたかれるので、ラヴェーナは早々に場を空《あ》ける。

「おまえたちも腕を上げたの。前回より魔法の完成が十七秒も速くなった。特にエーシャは、攻撃の動きに儀式の舞いを完璧に馴染《なじ》ませたな。見事じゃ」

「やった。やっぱりお姉ちゃんは」

「それほどでもない」

「「……………」」

姉に対する意見の食い違いから、双子は踊りながら「むーっ」とにらみ合った。

「す、すみません。一番時間がかかってしまって……」

最後に近づいてきたのは、申し訳なさそうな顔のアムリタだった。

「アムリタはいつも」

「一番のろま」

双子が踊りながら、同級生のまわりを公転し始める。

「ご、ごめんなさい」

アムリタは首をすくめて謝る。この気弱さが双子を調子づかせる。

「朝起きるのも」

「一番遅い」

「お、遅くないよ！　エーシャちゃんもアメーシャちゃんもわたしが起こしてるんだよ！」

「でも給食は一番早く食べて」

「おかわりをゲットだぜ」

「そうだけど言わないでよお！」

正直者で気弱なアムリタが双子にいじられるのは日常的な光景だ。

ただ……アムリタは物語『王子と指輪』に登場する、蛇と猫の性質を象徴として持っている。

猫はともかく蛇に敵に回したらもっとも厄介《やっかい》な動物だ。普段は猫のように愛くるしいが、からかいすぎると蛇となって逆に叩《たた》き潰《つぶ》される結末を招くことになる。

この双子はいつも、なぜか叩き潰されるまでやめない。からかう→激怒されて土下座、までが、一つのパターンだと思っているようだ。この双子は、やっぱり色々謎だった。

「そのへんにしておきなさい。アムリタの固有魔法は、相手の抵抗力に大きく左右される。時間がかかったのは、わたしたちの魔力の問題だ」

マハーカーリーの相手役をやらされていた男性教師が、やんわりと二人の行為を諫《いさ》めた。

もう一人の女性教師も、

「アムリタの『蛇の指輪』は、ブーフ・ヒュレの直後からオートでじわじわと相手を蝕《むしば》むわ。教師相手に二分で施術《しじゅつ》が完了するなら、メドヘン同士なら一分から一分半程度でしょう。エーシャとアメーシャの強化とほぼ同時に終わるんじゃないかしら」

「せ、せんせえ……」

アムリタが感動したように目を潤《うる》ませた。

「ただ、給食のおかわりは独り占めせず、みんなでちゃんと分けるように」

「してないよお！」

気弱な少女の悲鳴に合わせ、双子がちゃかちゃか楽しげに踊りだした。完全にアムリタで遊んでいる。

その横で男性教師が頭を掻いた。

「しかし、これがおまえたちの〈ヴァジュラ〉か。恐れ入ったな。マハーカーリーに強化を一点集中させて敵をなぎ倒す作戦とは、彼女に付き従うおまえたちらしい。これがハマれば、ヘクセンナハトで優勝することも可能だろう。発案者はラヴェーナだったか？」

「うむ。うちの商人はとにかく目端《めはし》が利《き》くのでな」

教師に対しても対等な口の利き方をするマハーカーリーに称賛され、ラヴェーナは疲労の残る顔に照れ笑いを浮かべた。

ラヴェーナが『千夜一夜』でマハーカーリーに武器を与え、エーシャとアメーシャがその武器を強化。アムリタの固有魔法『蛇の指輪』は、蛇の毒のようにじわじわと相手の魔法力を低下させ、気づけば戦力を半減させている。

強化と弱体の合わせ技。

これがインドチームの決戦形態〈ヴァジュラ〉だ。

「問題は、その形態が完成するまでに時間がかかることだけど……」

女性教師が、計測係の生徒から、これまでの訓練結果を見せてもらいながら微笑んだ。

「当初に比べて、所要時間は半分になってるわ。一分半。この時間、相手チームの戦闘行動を抑え切れれば、こちらの勝ちね」

（一分半か……）

ラヴェーナは思案する。

他校のメドヘンたちの戦闘データは、それぞれの学校がひた隠しにしている。漏《も》れ聞こえてくる情報はわずかだ。しかしそれでも、この一分半が長すぎるということはないだろう。

特にこっちは、開幕直後に『千夜一夜』で問答無用の全体攻撃を仕掛ける。相手は少なからず混乱するはずだ。見えない敵から一方的に攻撃されるようなことでもない限り、一分半くらいもたせられないはずがない。

仕上げた……はずだ。〈ヴァジュラ〉は破られない。インド校は必ず勝てる。

うぬぼれではなく、冷静な自己分析《ぶんせき》の末にその結論を導き出す。

夢だとか、願いだとか、そんな遠い言葉じゃない。

手を伸ばせば届くところに、結果はある……！

（ヘクセンナハトで優勝したら。そうしたら……）

ラヴェーナは我知らず、マハーカーリーを盗み見た。

自信に満ちた彼女の顔に、この希望を後押ししてほしかった。の、に。

（え……？）

一瞬、マハーカーリーの笑顔に奇妙な翳《かげ》りが差した。

見間違いかと思うほど短い時間。しかし、見逃せないほど鮮烈に。

あれは何だ？

おかしい。

あんな顔、一度も見たことない。

「少し疲れたのう。休むか、みんな」

マハーカーリーはそう言って、先導するように訓練場を歩き出した。

その後ろ姿も、どこか……。

何だ？

姫様、それは、どういう意味なんですか？

5

「え……。姫様に元気がない？」

サロンで甲斐甲斐《かいがい》しく手作りクッキーを配っていたアムリタからその相談を受け、ラヴェーナはスカートに焼き菓子の粉が落ちることも忘れて、思わず聞き返してしまった。

「そうなんです。最近溜息をついていることが多いとか。みんな噂《うわさ》してます」

ラヴェーナは顔をしかめた。

模擬戦の後にマハーカーリーの奇妙な表情を見たのは、今から三日前。

それ以降、注意はしていたものの、彼女に変わった様子はなかった。……と思っていた。

どうやら見抜けなかっただけのことらしい。ヘクセンナハトが近づくにつれて、明らかに観察力が鈍《にぶ》っている。期待か、緊張からか。どのみち大きな失態だ。

「半年前のあれと同じじゃないんですか？　一本だけ残っていた乳歯が抜けたときも、姫様不機嫌でしたよね」

ラヴェーナは悔し紛《まぎ》れのような楽観的発言をした。

マハーカーリーは大人びているようで、実はもの凄《すご》く気まぐれで子供っぽい性格だ。夕飯に嫌いなおかずが出ると、翌日のサロンで自分の好物ばかり用意させるようになる。彼女を縛るのは彼女の意志だけであり、まさに天衣無縫《てんいむほう》という言葉がぴったりだった。

しかしアムリタは首を横に振る。

「違うみたいなんです。それにいくら姫様が変わっていても、一本だけ残っていた乳歯がまた現れたりしませんよ」

「……そうですよね」

「みんなは、ヘクセンナハトが近いから緊張しているんじゃないかと話しています」

「姫様が緊張？　まさか」

「でも、他に思い当たる節《ふし》もないし……」

ラヴェーナはうなった。

ヘクセンナハトは重要な祭典だ。

参加するメドヘンによっては、祭典が持つ崇高《すうこう》な使命よりも、また、その後の魔法使い人生よりも大きな意味がある。

その理由は、優勝チームに与えられる、何でも願いが叶《かな》うという魔法。

物語に選ばれ『原書使い』になった少女たちには、みな強い願望がある。

『原書』は少女たちが持つ願いに惹《ひ》かれて近づき、ゆえに『原書使い』が使う魔法は、その願いを色濃く反映したものであることが多い。

願いの力。魔法という力の源泉は常にそこにある。

だから、ヘクセンナハトにかける期待も並々ならぬものになる。同時に、不安も。

ラヴェーナはそれを今ひしひしと実感している。

マハーカーリーも例外ではない。……のだろうか？

「誰か、姫様に理由を聞いた人は？」

「いません。訊《き》いてもちゃんと答えてくれるかどうかわかりませんし……」

さもありなん。さすが、ハーレムにいる少女たちはマハーカーリーのことをよくわかっている。姫様がどこで素直になり、どこで意地っ張りになるか、その線引きは誰にもわからない。下手《へた》をすると、憂鬱《ゆううつ》の原因を隠したまま、普段通り振る舞い始めてしまうかもしれないのだ。

それは一見すると事態が沈静化したように思えるけれど、ハーレムの少女たちにとって喜ばしいことではなかった。

みんな、マハーカーリーには心から笑顔でいてほしかったから。

「だから、みんなで姫様を元気づけようと思うんです」

「それはいい考えですね」

マハーカーリーはお祭り事が好きだ。自分が中心にいるものならなおさら。

「わかりました。そういうことなら、わたしからもとっておきの珍品を出しましょう」

「あっ、ありがとうございます！　クッキーをもっとどうぞ！」

アムリタに、まだ十枚に残っているクッキーの皿をラヴェーナに押しつけると、猫がスキップでもするような足取りで行ってしまった。

ラヴェーナの協力を取り付けるのが彼女の狙《ねら》いだったのだろう。

そんなに心配しなくとも、ここで手を貸さない人間がマハーカーリーのハーレムに入ることはない。

しかし甘い。このクッキーも砂糖の入れすぎでだいぶ甘いが、アムリタの性根は本当に甘っちょろいと思う。

ラヴェーナは油断なくサロンを見回した。

耳をそばだてて今の話を聞いていたであろう少女たちと、一切目が合わない。わざと視線をはずされているのは明白だ。これで確信した。

ちょうどサロンに入ってきたエーシャとアメーシャが、ラヴェーナに含みのある笑みを放つ。

こちらも負けじと、ほくそ笑んでみせる。

すでに彼女らも、他のメンバーと同じく、このお祭りへの参加を決めていることだろう。

ここにいる少女たちの思いはただ一つ。

マハーカーリーに元通りになってもらいたい。しかしそれは最低限のクリアライン。

大切なのは、

――姫様を一番喜ばせるのはわたしだ。にぎやかしは引っ込んでいろ！

「何じゃ何じゃ、どこへつれていくつもりじゃ？」

アムリタを中心とする陽動部隊が、サロンにやってきたマハーカーリーを外に連れ出すうちに、残った少女たちは素早く作業に入った。

ソファの位置を変え、主賓《しゅひん》席を中心とした客席と即席のステージを作るのに十数分しか要さない。何だかんだ月に一度は似たようなことをしているので、みんな慣れたものだった。

学校の中庭をのろのろと一周してきたマハーカーリーをみんなで主賓席に投げ込むと、今度は、彼女の隣席を巡《まか》っての恐ろしい椅子取りゲームが始まる。

司会進行代理を任されたラヴェーナは参加しなかったが、中央の主賓席にいるマハーカーリーを圧殺しかねない力ずくの戦いとなった。ちなみにこれも毎回恒例。

その騒ぎも落ち着いたところで、ラヴェーナは口を開いた。

「ようこそおいでくださいました姫様。本日は、日頃お世話になっている姫様に対し、みんなから感謝の気持ちを込めたパーティーを開催させていただきます」

パチパチとわき起こる拍手。

「何じゃ、そういうことか。それならもっと早く言ってくれればよかったものを。すわクーデターかと思ったぞ」

戸惑《とまど》い気味だったマハーカーリーの顔も、にわかに明るくなった。

本来の進行役だったアムリタがどこかに行ってしまい、急遽《きゅうきょ》司会を押しつけられたラヴェーナだったが、立ち位置の関係でマハーカーリーの表情がよくわかるのは大きな利点だった。この突発的な代役は買いで正解だったようだ。もう、彼女の憂《うれ》い顔を見逃したりしない。

「早速、演《だ》し物を見ていきましょう。えーと、エントリーナンバー一〝世にも珍しい猫〟。発見者はエーシャとアメーシャですね」

しょっぱなからあの双子である。しかも、得意の踊りではなく見せ物とはどういう魂胆《こんたん》か。

「では、どうぞ！」

ラヴェーナが急ごしらえの控え室の方へ呼びかけると、エーシャとアメーシャが、イリュージョンにでも使うような、布のかけられた大きな箱を押して現れた。

どうやら檻《おり》のようだ。

「マハーカーリー、大変。さっきそのへんで」

「世にも珍しい猫を捕まえた。新種かもしれない」

凄《すさ》まじく適当な口上《こうじょう》に、ラヴェーナはイヤな予感しかしなかった。

レッサーパンダでも捕まえてきたんじゃないだろうな……。

「では見せてもらおうかの」

「はい」

「とくとご覧あれ」

檻にかぶせられた布がばっと取り払われると出てきたのは……。

「あっ、ラヴェーナさん！　姫様、みんな、助けてぇ！」

「アムリタ!?　あなた司会役ほったらかして何やってるんですか!?」

ラヴェーナは思わず叫んだ。檻の中から泣きそうな顔で鉄格子《てつごうし》を摑んでいるのは、さっき行方不明《ゆくえ》になったばかりのアムリタだったのだ。

しかも頭には、ラヴェーナが自分の演し物で使うため、前もって渡しておいたネコミミがついている。

「この耳をつけて鏡の前にいたら、エーシャとアメーシャに捕まったんですう……」

おのれあの双子め！　妨害工作なのか天然なのかわからないけどおのれ！

ラヴェーナは憤然《ふんぜん》と双子をにらむ。もちろん、二人はこっちのことなんて気にもしていない。

「マハーカーリー。見てのとおり、これはアムリタそっくりの猫」

「世界に一匹しかいない珍獣と思われる。しかもよくしゃべる」

「うむ。確かに珍しい猫じゃ。世界自然保護基金のインド支部に届け出てやろう」

「姫様あ！」

双子の説明をマハーカーリーが真面目《まじめ》ぶって受け入れてしまったので、アムリタはとうとう泣きだしてしまった。

「ウソじゃよ、ウソ。エーシャ、アメーシャ、アムリタを出してやれ。ほれ、こっちに来るがよいアムリタ猫。よしよし。ういやつじゃのう」

膝《ひざ》に取りついて半泣きのアムリタの頭を、マハーカーリーは優しく撫でてやった。

これが他の少女なら嫉妬《しっと》の一つも受けようが、アムリタだけは例外だ。誰からも生温かい目で見守られる。

ただ二人、空《から》の檻の前に立つ双子をのぞいて。

「ちっ。前座があっさりと解き放たれたか……」

「しかし本物のアムリタはどこに行ってしまったのか……」

「ボケかマジかわからないこと言ってないで、次の準備してくださいよ。プログラム表によると、次もあなたたちですよ」

ラヴェーナはすっとぼける二人を促《うなが》した。

まあ、アムリタには申し訳ないが、場の雰囲気を和《なご》ませる演出としては上々ではあった。良くも悪くも緊張が消し飛んだ。マハーカーリーも気がほぐれたことだろう。

「ここからが」

「本番」

「マハーカーリーとその他大勢」

「我らの舞いを存分に楽しむがいい」

あらためて演し物を再開したエーシャとアメーシャが披露《ひろう》したのは、カタックというインドに伝わる古い踊りだった。

彼女たちは、より歴史の古いバラタナティヤムという舞踊もできるが、あちらは動きが小さく、気分を盛り上げるには賑《にぎ》やかなカタックの方がふさわしかった。しかもカタックは、ムガール帝国時代、ハーレムの女性たちによく踊られた音楽を源流の一つとする。教養のあるマハーカーリーなら、その一致を楽しまないはずがなかった。

流れ出した音楽に合わせてエーシャとアメーシャが舞い始めると、二人の足首に巻かれたグングルというたくさんの鈴も騒ぎだす。

その音色に誘われるように、観客席の少女たちは手拍子だけではなく、体を揺すりだした。

司会進行の位置にいるラヴェーナも、ついリズムを取ってしまうほどの躍動感。

悔しいけれど、この二人は魔法だけでなく、芸能的な才能も本物なのだ。

「汝《なんじ》、豁然《かつぜん》と見開け『黒ヤージュルベーダ』」

「汝、凛然《りんぜん》と艶《つや》めけ『白ヤージュルベーダ』」

（へっ……？）

鏡を置いたように左右対称に踊っていた双子の口から、驚くべき言葉がもれた。

『原書』を纏《まと》う呪文。こんなところでブーフ・ヒュレを実行したのだ。

「ちょっ……何やってるんですか二人とも！」

エーシャとアメーシャの魔法は、無機物に対して大きな影響力を持つ。

固有魔法こそ攻撃と防御の補助だが、それ以外は——

ラヴェーナがその危惧《きぐ》を具体的な警告として口にするより早く、サロンにあったソファやテーブルが、双子に合わせて踊りだした。

そこに座っていたマハーカーリーたちも、投げ出されるようにして前に出る。

目を白黒させて驚く観客たちに、ステージで踊る双子は問いかけた。

「Shall we」

「Dance?」

マハーカーリーは「くくっ」と笑いをこぼす。

「Of course!」

感謝パーティは、第二プログラムから全員が踊りだすという異例の事態になった。

ここがサロンでなければ、教師たちから苦情が来ていたところだろう。

さすがはマハーカーリーの側近中の側近。本気で彼女のハートを射止《いと》めに来ている。

双子顔負けの踊りを見せるマハーカーリーは、確かに楽しんでいるように見えた。

これに続くプレイヤーたちには大きなプレッシャーだ。

しかし、これに臆するような少女たちではない。

魔法アリ。それを最初の段階で認めてしまったため、その後の出演者たちも自《みずか》らの演し物に魔法を加え、パーティーはさらにどんどん騒ぎとなっていったのだ……。

「楽しかったのう。ラヴェーナ」

「後半の部もありますからね。でも、その前に、おやつの時間です」

休憩時間のおやつを準備したのは、踊りや歌などの芸を持たない少女たちだった。

クッキーにケーキにポテトチップス。中でも一番人気は、アムリタが作った揚《あ》げパイのサモサ。三角形に畳まれた生地《きじ》はこんがりキツネ色で、外はパリパリ、中のジャガイモと挽肉《ひきにく》は甘くてホコホコという絶品だ。業者のように大量に作ってきたのだが、あっという間に売り切れた。

アムリタの料理はいつでも人を笑顔にさせる。

マハーカーリーにとってもそう。

いつもなら。

しかし今日は、やっぱりどこかぎこちない。

双子の踊りであれだけ高揚《こうよう》したというのに、悟られないよう、こっそり小さな溜息をついている。常に正面で意識を集中するラヴェーナはそれを見逃さなかった。

彼女に何かあったのだ。

そしてそれはまだ払拭《ふっしょく》されていない。

ラヴェーナは密《ひそ》かに緊張し始めた。

自分がマハーカーリーの憂鬱《ゆううつ》を晴らす。でも、もしそれができなかったら……？

激しかった前半に対し、後半はのんびりした演し物が続き、サロンはまったりした空気に包まれた。

気づけばラヴェーナの出番だ。

自分が最後の演者だった。トリを任されたのは、「がめつい商人」とか「情け容赦《ようしゃ》なしの守銭奴《しゅせんど》」とか言っていても、彼女の集めた珍品がこれまで何度もマハーカーリーを楽しませてきたことを、ハーレムの誰もが認めてくれているからだろう。

（よし……！）

商人の舞台に大げさな演出は必要ない。商品の楽しさで真っ向勝負だ。

ラヴィーナは、大勢の少女たちを背中にひっつかせたマハーカーリーとテーブル一つを挟んで向かい合うと、持ってきた大きな革袋をすぐ脇《わき》に置いた。

まるで手品師のステージだ。ラヴェーナは満を持《じ》して口を開く。

「本日ラヴェーナが姫様に紹介したいのは、極東、シルクロードの果ての果てにある島国より取り寄せました珍品の数々にございます」

よく知らない遠い国の話題に、客席はにわかに沸《わ》き立つ。

「ほう……。ということは日本か。サムラーイの国じゃな」

「はい。日本には、人の心を奮《ふる》い立たせる二つの〝ＭＯＥ〟なる文化が根付いているそうです。まずはそのうちの一つ、炎のように猛《たけ》る〝燃え〟を紹介しましょう」

ラヴェーナは最初の商品を取り出した。

マハーカーリーだけでなく、ハーレムの少女たちも目が釘付けになる。

「日本のメーカー製、タージ・マハルでございます」

それは世界的に有名な、インドにあるイスラム教の廟墓《びょうぼ》、タージ・マハルのミニチュアだった。

「ほう。小さいのに細部までよく再現されておる。日本人は細工物が得意じゃな。土産物《みやげもの》かな？」

「こちら変形して巨大ロボットになりまーす」

「なぜ変形しおる⁉」

驚くマハーカーリーたちに、ラヴェーナは粛々《しゅくしゅく》と解説する。

「姫様。実は、日本の建造物というのは、すべて巨大ロボットに変形することを前提に設計されているのです。オーサカ・ジョーも、ホー・リュージも全部そうです。よって、我らがタージ・マハルも変形すると思い込んでいるのです」

「実質すごいが⁉」

本当のことはよく知らないが、トチョーという巨大ビルは変形すると父の知り合いも言っていたから、多分正しいだろう。

「そしてこちらが、アーグラ城塞《じょうさい》のミニチュアです。アーグラ城塞と言えば、タージ・マハルに眠るムムターズ・マハルの夫、皇帝シャー・ジャハーンが幽閉《ゆうへい》された場所として有名ですね」

こちらの説明にマハーカーリーが相づちを打つ。

「うむ。幽閉されたシャー・ジャハーンは、タージ・マハルが見える部屋で日々をすごしたそうじゃな。愛する者の墓を毎日見られるのは、囚《とら》われの身には唯一《ゆいいつ》の慰《なぐさ》めであったろうよ。で、日本はこちらも変形させおったのか？」

「こちらタージ・マハルと合体してフルアーマー＝タージ・マハルになりまーす」

「皇帝と后《きさき》が時代を超えて再会を⁉」

「よかったですね……」

横から見ていたアムリタがほろりと綺麗な涙を落とした。

「製作会社が考えた公式ストーリーによると、エジプトのピラミッドと力を合わせて、パルテノン神殿と戦うようですね」

「お墓は」

「眠るところ！」

双子がまっとうな意見を述《の》べたところで、この商品の紹介は終わった。

「どうですか。これが日本の〝燃え〟です。おわかりいただけましたか」

「日本人のセンスに対する疑念なら燃え上がったが」

マハーカーリーは素直に答えた。

他の少女たちも「よくわからない」「知らない」「どちらかといえばくよくよする方だ」などと否定的な意見が多い。

うん。まあいいか。

この二足歩行の巨大ロボットとかいう奇妙な造形は、三歳から八十歳くらいの日本人男性が限定して好む傾向であり、女性には理解しがたいものと考えていい。正直、何が燃えるのかラヴェーナにもわからない。

本命は次だ。

「続いての〝ＭＯＥ〟の商品です。若草が芽吹くような、ほんのりと温かい気持ちになれる可愛らしいもの。それを〝萌《も》え〟と言うそうです」

「ほう、それなら期待できそうじゃ」

「これには準備がありますので、少しだけ廊下で待っていてもらえますか？」

「また締め出されるのか……」

「フフフ。実はこの、部屋に〝戻ってくる〟という段階から〝萌え〟は始まっているのですよ」

「わかった。そういうことなら従うぞ」

マハーカーリーが出ていったのを見て、ハーレムの少女たちは大急ぎで身支度を開始した。

数分後。

「姫様、準備が整いました。お入りください」

ラヴェーナが呼びかけると、サロンの扉が開き、マハーカーリーが入ってくる。

「「「おかえりなさいませ、お嬢様」」」

「これは⁉」

マハーカーリーは驚愕《きょうがく》の叫びを上げた。

「これが日本の最終兵器、メイドさんでございます」

ずらりと並んだメイドさんたちの先頭で、同じメイド服に身を包んだラヴェーナは、自信満々の鼻息をフンスと吹き出しながら手をかざしてみせた。

マハーカーリーは目を白黒させながら、

「まるでドレスのような仕事着、可愛いリボンに、ひらひらの短いスカート、そして頭には不思議な猫の耳！　これがメイドじゃと？　日本人はみんなこのような娘たちを家に雇っているのか⁉　くっ……！」

「あんな悔しそうな姫様、初めて見たわ……」

「うちのメイドも、怠《なま》け者のおばさんだしね……」

ハーレムの少女たちがひそひそと会話しているのが聞こえる。

歯を食いしばりながら何度もソファを叩くという、珍しいマハーカーリーを見ていたい気持ちはあるが、商品はきちんと説明するのが商人の義務だ。

「落ち着いてくださ い姫様。インドと違って、日本ではメイドは一般的ではありません」

「なに、ではどこの家にもいるわけではないのか。まあ、外見もかなり違うしの。とても仕事着とは思えん」

「でも可愛いでしょう?」

「うむ。頬ずりしたいぞ」

「すでにしています」

マハーカーリーのすべすべの頬を押しつけられて、ラヴェーナは赤面をこらえつつ言った。

他の少女たちが、エプロンの端を噛みながら放ってくる嫉妬の視線がちくちく刺さる。

「アムリタがつけておった妙なカチューシャは、これとセットだったのじゃな」

「はい。日本でも、猫を可愛いと思う気持ちに違いはないようです。女の子と猫が最強であると彼らは気づいたのでしょう」

「ラヴェーナ。おまえは普段、男のようにターバンを巻いておるからな。こうして髪が見れるのは貴重じゃや。よく似合っておるではないか」

「っっ……！　あ、ありがとうございます……」

ラヴェーナはマハーカーリーからの賛辞《さんじ》に耐えきれず、思わず目を伏せた。

「しかし、スカートが短いのう。これで家事をするのか？　下から簡単に尻が撫でられてしまうぞ」

「うひゃあっ⁉　ま、ま、待ってください姫様、いきなり、そんな……」

手足を振り回し、慌《あわ》ててマハーカーリーの腕から逃げ出す。

「いかんのか？　その尻が、妾《わらわ》にさわってほしいと囁《ささや》くのじゃが」

「お尻はそんなこと言いません！」

スカートの裾《すそ》を押さえながら必死に抗弁し、咳払《せきばら》いひとつを挟んでどうにか態勢を立て直す。

「日本のメイドには、日本の流儀があるのです。今からそれをお見せしましょう」

「ほう。やってもらおう」

「では、姫様がサロンに戻られたところから。――ごほん。おかえりなさいませお嬢様。今日も一日お疲れ様でした。ご飯にしますか？　お風呂にしますか？　それとも、タ、ワ、シ？」

キラッ☆。

…………。

………………。

精一杯可愛く言ったつもりだったが、マハーカーリーが見せたのは不思議そうな沈黙だった。

（し、しまった。わたしなんかじゃなく、アムリタにでもやらせるべきだった……）

可愛くない自分がやっても不気味なだけだ。後悔する。が、マハーカーリーの感想はそれとは異なる方面にあるようだった。

「のうラヴェーナ、なぜタワシなのじゃ？」

「えっ……さ、さあ。なぜでしょうか……」

それはこっちが訊《き》きたかった。日本人、何で？

「恐らく、タワシで床の掃除をしろと言われているのだと思いますが……」

「主《あるじ》がメイドから仕事をするよう言われるのか？　度《ど》し難《がた》い……。さすがはシルクロードの吹きだまりじゃな。使用人文化がそのような形になって漂着するとは……」

「日本人は身分の貴賤《きせん》にかかわらず、幼い頃から自分で掃除をすることを習うそうですから……」

「それはそうと、妾は風呂を所望《しょもう》するぞ。ラヴェーナ、その格好で背中を流してもらおう」

「ままま待ってください！　ご飯！　ご飯にしましょう！　日本のメイドさんは、食べ物を美味《おい》しくしてしまう、魔法の言葉を知っているのです！　どうですか、知りたくありませんか？　知りたいでしょう⁉」

慌てて軌道《きどう》修正しようとしたとき、ラヴェーナの両肩を後ろからがっしと摑む手があった。

「ラヴェーナばかりが奉仕するのはおかしい」

「ここは我々に任せて先へ行け」

エーシャとアメーシャだ。今はわたしの舞台だ。どこにも行きたくなんかない。

しかし、見栄《みば》えをよくするため、メイドの数揃えに協力してもらっているのも事実だ。

メイドの可愛い格好が気に入った他の少女たちが、今こそ自己アピールの時とうずうずしているのも空気として伝わってくる。

この料理のおまじないは二人でかけると威力が増すという話もあるし、さっき自分の可愛さには限界があると気づいたことを無駄にすべきではない。マハーカーリーを真に楽しませるためには、ここで一歩引くのもやむを得ないか……。

「わかりました。じゃあ二人にお願いします。その魔法の言葉というのはですね……」

双子に呪文を教え、監督役に徹する。

「オムライスです～」

タイミングよく、厨房《ちゅうぼう》に回っていたアムリタが料理を運んできた。

家庭的であどけない雰囲気のアムリタは、まさに可愛いメイドさんの理想型のような輝きを放っている。ハーレムの少女たちが溜息をもらすほどだ。

「ではマハーカーリー。……お嬢様」

「始めます」

「うむ。頼む」

他の少女たちも興味津々《しんしん》で見守る中、双子は身振り手振りを交《まじ》え、

「おいしくなーれ」

「おいしくなーれ」

「もえもえ……」

「『白ヤージュルベーダ』！」

　オムライスは皿から浮き上がると、サロン中を飛び回り始めた。

「おお、なんという活《い》きの良さ！　調理済みのオムライスにこれほどの生命感を与えるとは日本の魔女もなかなかやりおる！　こいつは食べがいがありそうじゃ！」

「違いますます違います！　アメーシャ、なぜブーフ・ヒュレした!?」

　双子がすっとぼけてちゃかちゃか踊っている中、ラヴェーナは勘違《かんちが》いしたまま興奮するマハーカーリーを必死に止めるハメになった。

　その後も、ラヴェーナは日本の謎多き職業であるメイドさんの生態――街頭でビラ配りをするとか、主人にやたらツンケンするとか、集まってライブをするとか――を一通り紹介したのだが、その実演にはいずれも他の少女たちが乱入してきて、終わる頃には、ハーレムの全員がすっかりやりきった顔になっていた。

「はあ、はあ、ぜえ、ぜえ……。どうでしたか、姫様。これが日本の〝萌え〟の心です」

　しかしいずれも無理矢理自分の魔法を組み込んで自己アピールしようとするので、そのつど訂正に奔走《ほんそう》したラヴェーナは、世界一働き者のメイドのように疲れていた。

　マハーカーリーは納得したようにうなずいた。

「うむ。楽しかったぞラヴェーナ。確かに、心の奥底でほっこりした何かが芽吹くような、そんな気持ちになった。〝萌え〟というものが少し理解できたのかもしれんな」

やった。

十分にマハーカーリーを楽しませられた。

が。

満足げな笑顔の最中にも、ふっと、翳《かげ》りある吐息《といき》がもれ、ラヴェーナをぎくりとさせた。

(そんな……これでもダメだなんて……。どうしよう)

マハーカーリーの笑顔は本物だった。楽しんでもらえたことに間違いはない。

少しは気晴らしになった。その自信はある。

でも、完全に憂いを払うには至っていないのだ。

(こ、こうなったら……!)

残りの珍品も放出してしまうしかない。

ここでマハーカーリーの心の影を払えないようでは、お抱《かか》え商人としての立場がない。

「ではお褒めいただいたささやかなお礼として、他の商品もさらっと紹介いたしましょう。みんなも、姿勢を楽にしてお楽しみください」

平静を装《よそお》いつつ、ラヴェーナは、くつろいだ様子のマハーカーリーと再度向き合った。

「日本ではカリーが大人気だと知っていますか?」

「うむ。ただ、日本のカリーは、我々の知るものとはだいぶ違うらしいの」

「ええ。日本では、カリーは飲み物として認識されているようです」

「飲み物だと? はははは、まさか——」

「こちらカリーの缶ジュースになります」

「日本人はァ！」

たたみかける。

「こちらは、日本の若者たちが遊ぶテレビゲームです。日本人にはもっとも知られているインド人が登場しています」

「ほう。ヨガを嗜《たしな》む僧侶がいるのか。名はダルシム……」

コントローラーを握りながら、マハーカーリーが感心したように言った。

「彼はヨガの力で手足が伸びます」

「ヨガで手足が⁉」

「ヨガの力で火を吐き、空に浮いて瞬間移動します」

「何人《なにじん》だこやつはァ⁉」

いずれの品も、十分にその場の全員を驚かせ、笑わせ、楽しませた。

しかし、マハーカーリーにあるわずかな影に変化はないままだった。

ラヴェーナをもってしても、他の少女たちの総力をもってしても、彼女の闇《やみ》を払えない。

ここに至ってはもう、直接たずねるしか解決する方法はなかった。

6

「姫様、何を悩んでいるんですか？」

誰もが躊躇《ちゅうちょ》する中、その質問を最初にぶつける覚悟を決めたのはラヴェーナだった。

やり手の商人というスタンスはすでに崩れかけている。しかしそれでも、マハーカーリーに最初に呼びかけられるのは、一歩引いた位置にいる彼女だけだった。

メイド服の少女たちに囲まれたマハーカーリーは、眉をぴくりと持ち上げ、不機嫌そうに目を細めた。不興を買ってしまったような気がして、ラヴェーナの心臓に冷たい血が流れ込む。

しかし、彼女の不満の矛先《ほこさき》は、こちらではないようだった。

マハーカーリーは自嘲《じちょう》気味に小さく息を吐いた。

「そうか。おまえたちは、妾《わらわ》を心配してくれていたのか」

少女たちは言葉にせず、ただ不安げな視線を答えにした。

こんな切実な顔に囲まれては、さしものマハーカーリーも空とぼけるわけにはいかなかったのだろう。近くに座っていたアムリタの頭を撫でると、落ち着いた声で話しだした。

「ヘクセンナハトが近いな」

みな一様にうなずく。

世界中のメドヘンたちが集まる戦いの祭典。

まさか本当に、以前アムリタが言ったように緊張しているのか？　あのマハーカーリーが？

「優勝者には、何でも願いが叶《かな》う魔法が与えられる。参加する者の中には、そこに大きな希望を託す者もいるだろう」

アムリタ、エーシャ、アメーシャの順にマハーカーリーの視線が動き、最後にラヴェーナに止まった。

大きな希望は確かにある、しかし、ラヴェーナはうなずけなかった。なぜか、それが彼女を苦しませてしまう気がして。

「妾の固有魔法は『鬼神の加護』。これが、未来を先読みする力であることはみなも知っていると思う。ただ……妾はこの魔法なしでも、何となく未来がわかる」

（……！　そういえば……）

マハーカーリーは時折、先を見越したような奇妙な行動を取ることがある。

サロンのソファの位置を少しだけずらしたり、置いてあった水差しをぬいぐるみに替えたり。大抵、彼女の気まぐれだと思われているが、しかしその後、ソファのあったところで、誰かと誰かがぶつかりそうになったり、水差しのあったところで誰かが転んだりと、ひやりとすることが何度かあったのを、ラヴェーナは思い出していた。

マハーカーリーが気まぐれなのは自他が認めることだ。でも、その中には意味のある気まぐれもあったのかもしれない。未来の危機を察して。

「何となく、イヤな予感がするのじゃ」

マハーカーリーは物憂《ものう》げに言った。

「ヘクセンナハトでよくないことが起こる。不本意な結果が待っているのかもしれん」

それを聞いた少女たちは戸惑《とまど》う顔を見合わせた。

世界最大級のマンモス校であるインドの魔法学校から、激しい競争を経《へ》て選《よ》りすぐられた五人が負けることなど想像もできない。何よりも、マハーカーリーがいるのだ。

「マハーカーリー、その予感は」

「絶対？」

エーシャとアメーシャが真面目《まじめ》な顔で問いかけた。ヘクセンナハトに参加する二人からすれば、その予感は認めがたいものだろう。

「いや、的中率は三割といったところじゃ。何となく察するようなものじゃからの」

「それなら杞憂《きゆう》」

「天は落ちてこない。たとえそうなっても、わたしたちが支える」

二つの顔は誇らしげに宣言した。

「きっと姫様は緊張してるんですよ。わたしもすごく緊張してます。相手の人がどれくらい強いのか、怖い人なのか……。あと、姫様たちの足手まといになりませんようにって」

双子を追いかけるように、アムリタも一生懸命な顔で呼びかけた。

「そうか。そうかもしれんな。妾もヘクセンナハトは初めてじゃ。不安なのかもしれん」

マハーカーリーは蛍《ほたる》の光のように優しく微笑んだ。誰もがほっとするような笑みだった。

もう大丈夫。自分はもう平気だと、みんなに言い聞かせるような。でも。

(……………違う)

みなが安堵《あんど》の表情を浮かべる中、ラヴェーナだけが、凍りついていた。

焦《あせ》りで手足がこわばり、痛いくらいだった。

違う。どうしよう。どうしよう。

指先が勝手に髪の先をねじる。ねじる。ねじる。

マハーカーリーはウソをついている。

目立つところに手がかりはない。むしろそれは引っかけだ。

マハーカーリーはあの笑顔でみんなを安心させようとしているだけ。

本当は何も解決していない。

だって、彼女はその程度の不安なんかで翳らない。

なぜならマハーカーリーは、失敗への恐怖を知らない少女ではないからだ。

今でこそどんな課題でも片手間にこなしてしまうが、小さい頃は失敗することもあった。

けれども彼女は何も言わず、次の機会には必ずリベンジした。

そうやって磨き抜かれた宝石だ。

ヘクセンナハトで不本意な結果に終わることを、彼女がそこまで恐れるとは思えない。

確かに、何でも願いが叶う魔法は魅力的だ。でも、そんなものが本当にあるなら、彼女は独力でそこにたどり着くことを考える。

だから違う。

彼女の溜息の理由は、もっと……。

もっと深刻なものなんだ。

知りたくない。

でも、彼女を助けるためには、絶対に知らないといけない。

「ウソ……ですよね。不安なんて……」

ラヴェーナはぽつりと言った。

「どうしたラヴェーナ。妾が不安がってはおかしいか?」

マハーカーリーはいたずらっぽく訊《き》いてくる。

他の少女たちも、それに追従して、ラヴェーナにからかうような視線を向けた。

そのすべてをアメジスト色の瞳に映しながら、ラヴェーナはマハーカーリーを真《ま》っ直《す》ぐ見つめた。

「姫様は強い人です。不安と戦う方法も知っている。だから、本当はもっと……大変なことが起こるんでしょう?」

「………!」

はじめて。

マハーカーリーが顔をしかめた。

痛みを覚えたみたいに。

戸惑いと沈黙が自分とマハーカーリーの間を取り巻く。

「教えてください。それを知らなければ……わたしは一生後悔すると思うんです」

マハーカーリーは苦笑いの末に嘆息《たんそく》した。

「商人。おまえの目にウソは通じぬか」

さっき少しだけ緩《ゆる》んだ空気は、今や張りつめた弓弦《ゆづる》のようだった。

支えている指が少しでも動けば、それは鏑矢《かぶらや》を放って途方もなく不吉な獣《けもの》を呼び覚ます。

そんな息苦しさの中で、マハーカーリーは重い口を開いた。

「ヘクセンナハトの失敗の後で、妾は破滅するかもしれん」

――――！

ぞわり、と空気そのものが震えた。

「不確かな感覚だが、ヘクセンナハトの先に深い闇《やみ》が広がっているのを感じる。何も見えず、何も感じられず、おまえたちの誰一人、見つけることができん。近い未来、妾は、ここにいられなくなるのかもしれん」

山の風のような冷たさ。

火の前に立っているような熱さ。

その両方がごちゃまぜになって、ラヴェーナののどの奥を灼《や》いた。

マハーカーリーがいなくなる？　ヘクセンナハトで何かがあって？

それは決して唐突な話ではない。『ラーマーヤナ』の『原書使い』に降りかかる宿命的な結末として、予期されうる危惧《きぐ》の一つだった。

この物語の主人公ラーマ王子は、妻シータの貞潔《ていけつ》を信じきれず、最後には彼女を失い、孤独のまま一生を終える。

『原書使い』にも、その物語の持つこうした悲劇的なできごとが訪れることは、少なくなかった。

しかし、マハーカーリーに限って、そんなことは……。

えずくようにして、冷え切った息を吐き出す。

「うっ、うう……」

誰かが泣きだした。

泣き虫のアムリタだろうか。

今の話に耐えきれなくなって、泣いてしまったのだろうか。

「うああ、わああ、あああ……！」

聞き覚えのない嗚咽《おえつ》。違う。アムリタじゃない。

みんながこっちを見ている。

でもよく見えない。

視界がぐしゃぐしゃで、誰の顔かわからない。

誰なのか問いかけようにも、口から意味のある言葉が出てこない。

むせび泣いているのは、

わたしだ。

「ラヴェーナ……？」

マハーカーリーの戸惑うような声が聞こえた。

溢《あふ》れ出る涙で前の見えないラヴェーナは、それを頼りに声を絞《しぼ》り出す。

「だったらやめてください。ヘクセンナハトなんて出ないでください……！」

嗚咽に紛《まぎ》れて、自分でも聞き取れないくらいの不明瞭《ふめいりよう》な言葉。

温かいものに抱きしめられた。マハーカーリーの匂《にお》い。背中に回された彼女の手が、苦しいほど熱い。

「国を挙げての祭典だ。妾は、方々から過剰《かじよう》な期待を寄せられておる。辞退などしたら、その反動で、いよいよ路頭に迷うことになろうよ」

「だったらわたしが面倒を見ます。一生養います。だから、どうか、わたしの前からいなくならないで……！」

マハーカーリーの手がびくりと震えた。

「ど、どうしたのじゃラヴェーナ。いつも冷静なおまえらしくもない」

「冷静なんかじゃないです！　あなたの前では、いつも死ぬほどドキドキしてるんです。商売の話をして、距離を取って、誤魔化《ごまか》しているだけなんです。大好きなんです、あなたが！　本当はもっと仲良くなりたい。今よりもっと、もっと……！」

ラヴェーナは子供のように泣きじゃくりながらすべての感情を吐き出した。

マハーカーリーがいなくなるという恐怖の前に、冷静な考えなど一つもできない。

ただ、今このとき、自分の中にあるものをすべてぶちまけるしかなかった。

「わたしは可愛くないし、あなたを楽しませる芸もない。珍しいものを見せて気を引くことしかできない。魔法だって、サポートで精一杯。ちゃんとした戦いなんてできない。他の子と違って、あなたを惹《ひ》きつけられるものなんて何もない。それでも……！　一緒にいたいんです……！　だから、そばにいてください。いなくならないでください……！」

背中にあった手が、ラヴェーナを強く抱きしめた。

その力と嗚咽に喘《あえ》ぎながら、ラヴェーナはマハーカーリーの囁《ささや》きを聞いた。

「おまえのことを少し勘違《かんちが》いしていたようじゃ。そこまで好きになってくれて、ありがとう。妾もおまえが好きじゃよ。ラヴェーナ」

もはや心さえ止まりそうなラヴェーナを、背後から人影が押し包む。

他の少女たちだ。

ラヴェーナとともに、マハーカーリーも取り囲まれたようだった。

「マハーカーリー。わたしたちもあなたと離れるのは絶対にイヤ」

「ヘクセンナハトは仮病《けびょう》でサボればいい。どのみち勝つのは我々」

エーシャとアメーシャも。

「姫様がひどいめに遭《あ》うのなら、願いが叶う魔法なんていらないです！　故郷のみんなを幸せにしたかったけど……でも、姫様だって同じくらい大切な人です！」

アムリタも。

「姫様！　行かないで！」

「わたしだって姫様の面倒をみる！」

「姫様！」「姫様！」「姫様！」

みんながみんな。

声を震わせながら、マハーカーリーに訴えた。

あなたのことが、大好きだって。

「ふふ……ははは。あはははは！」

マハーカーリーが突然高笑いを上げたのは、そんなときだった。

そしてめいっぱい腕を広げ、届く範囲のすべての少女を抱き寄せた。

「安心した。ここまで愛されている妾が、ヘクセンナハトの失敗ごときで破滅するなど到底あり得ぬわ」

マハーカーリーの肩にひたいを埋《うず》め、ラヴェーナはその声を聞いた。

目を閉じていてもわかる。まぶしい。なんてまぶしい光だろう。

大丈夫。もう大丈夫。彼女はすべての輝きを取り戻した。

「きっと、かの地では、相当不愉快な出来事が妾を待っているのじゃろう。目も当てられぬ惨敗かもしれぬ。きっと妾はそれを受け入れられず、これまでの正しき道を踏み外すのじゃろう。

だが、決めた。もし、これまで味わったことのないような不愉快が訪れたら、妾はふて腐れる！　そしておまえたちに甘え、ワガママの限りを尽くして憂《う》さを晴らすことにする！」

マハーカーリーはみんなの顔を見回し、

「よいな？」

「「はい！」」

すべての泣き笑い顔が同じ答えを返した。

7

その日の夜、ラヴェーナは重いつま先を引きずりながら、薄暗い寮の廊下を歩いていた。

誰もが寮友の寝息以上の騒音を許さないこの時間帯。ぼんやりとした非常灯の下には、虫と風の音だけがある。その中に、ラヴェーナは青い溜息をこぼした。

（やっちゃった……）

日中の、大号泣《だいごうきゅう》からの大告白。マハーカーリーはおろか、他のハーレムの少女たちにも全部聞かれてしまった。

あれだけ秘密にし、マハーカーリーの金目当てという看過《かんか》しがたい邪推《じゃすい》さえ甘んじて呑み込んできたのに、全部台無しだ。明日からは、姫様をもので釣ろうとした浅はかな女という噂《うわさ》が立っているかもしれない。いっそ魔法のランプの中にでも閉じこもりたかった。

それでも、この、マハーカーリーからの深夜の呼び出しは無視できない。

彼女の自室へ。誰にも内緒で、一人で。

未来を予知できないラヴェーナにも、この先に何が待っているかは想像がつく。

拒絶。否定。ごめんなさい。

「妾《わらわ》、昼間のあれはちょっと引いた」

なんて言われた日には、もはや俗世にとどまることはできない。

今になって、もっと冷静に話を聞き出す方法があったとか、落ち着いて説得すればよかったとか、後悔ばかりが浮かんでくる。

けれどあの時は本当に……自分でもどうしようもなかったのだ。

自分を抑えきれなかった。それくらい怖かったのだ。

逃げ場なし。ロック鳥の谷に投げ込まれた、シンドバッドとは違って機転の利《き》かない凡人の気分で、マハーカーリーの部屋の前にたどり着く。

「失礼します」

小さく呼びかけて扉を開けた。

マハーカーリーは寮部屋も特注だ。二つの部屋の壁を打《ぶ》ち抜いて、一つに繋《つな》げている。

家具はどれも一流品。学校の備品より金額の桁数《けたすう》が二つか三つは違う。ただし、決してけばけばしくはない。しっとりとした上品さの中に統一された趣《おもむき》があり、部屋の主《あるじ》のセンスの良さをうかがわせる。

ラヴェーナがそうなるように選んだのだから間違いない。

「姫様?」

我ながらよい品選びをしたという小さな自画自賛は、マハーカーリーの姿が見当たらない謎の中にすぐに消えた。

窓が開いて、白いカーテンが揺れていることに気づく。

「姫様、バルコニーですか?」

もちろん、普通の部屋にはバルコニーなんてない。部屋を改築する際に取り付けたものだ。そちらへ向かう。

果たして、マハーカーリーはそこにいた。

普段は編み込んでいる髪をほどき、風に遊ばせている。薄い寝間着が月光に透けて、彼女の肢体《したい》のシルエットを浮き上がらせた。

いつ見ても隙《すき》がなく超然としている彼女が、妙に素朴《そぼく》で無防備に思えて、ラヴェーナは顔が熱くなるのを感じた。

「ラヴェーナか。よく来てくれた」

「は、はい。何でしょう、姫様」

「そんなところにいずに、こちらに来い」

窓のすぐそばにいたラヴェーナは、マハーカーリーの手招きに素直に応じ、彼女の横に立った。

「今夜は風が心地よいな」

「……そうですね」

「ここのところ寝苦しい夜が続いたが、今夜はよく眠れそうじゃ」

手すりに肘《ひじ》を載《の》せたマハーカーリーは、なかなか本題に入らない。バルコニーから見える景色を眺めるばかりだ。ラヴェーナもそうするしかなかった。

すでに不首尾に終わることの見えている会合を続けるのは、商人のするべきことではない。しかし、話を促《うなが》す勇気はなかった。これが最後かもしれないのなら、なおのこと。

最後……。

今さらになってそのことに気づき、ラヴェーナの瞳は急に湿っぽさを増した。

この会話も、この距離も、今日で最後だとしたら。

イヤだ。

跪《ひざまず》いて許しを請《こ》うべきか。しがみついてでも情けにすがるべきか。

この失敗はどうすればいい。商人としてどんな教訓を得る？　何を学ぶ？

……活《い》かせない。マハーカーリーに匹敵する価値など、この世界に一つも存在しない。失えば、全部おしまいだ。

「昼間のことじゃが――」

「！」

突然の切り出しに体が強《こわ》ばった。

マハーカーリーがこちらを見ているのが、視界の端に確認できる。顔を向け、それを正面から受け止めるべきだ。でも、できない。『千夜一夜物語』の語り部《べ》、シャハラザードの勇気は、ラヴェーナにはない。

ただ凍《こご》えそうになりながら、手すりに置いた自分の手を見つめ、彼女の声を聞いた。

「おまえは、自分のことを可愛くないだとか、他の娘に比べて劣っているとか言っていたようじゃが、そんなことはない」

優しい声音に少しだけ心が落ち着いて、ラヴェーナはマハーカーリーを見た。少し拗《す》ねているように映る角度になってしまったかもしれない。

彼女は月明かりのような微笑を浮かべていた。

「自分のことは、自分がよくわかっています……」

ラヴェーナは視線をそらし、自《みずか》らに向けられた賞賛を宵闇《よいやみ》に受け流した。

マハーカーリーに好かれようと容姿を磨いてきた他の少女たちと違い、ラヴェーナは最初からそこを捨てて商人に徹し、今日《こんにち》の立ち位置を得たのだ。同じであるはずがなかった。

少し困ったような溜息が聞こえ、マハーカーリーは話題を変えてきた。

「おまえは、ヘクセンナハトで何を願うつもりじゃ？」

ヘクセンナハト。そういえば、そんなものもあったっけ。

人生でもっとも重大な局面にいるラヴェーナにとって、それはどこか過去の出来事のように思えた。

言うべきか？　言うべきだろう。自分のためにも。今さら伝えない想いなんて、一欠片《ひとかけら》も必要ない。

「メドヘンになりたての頃は、特に願うことはなかったんです」

「ほう……？」

「わたしの夢は、父を超える大商人になること。ヘクセンナハトで有名になれて、方々に顔が利《き》くようになれば、それで十分でした」

「魔法で大商人になろうとしないところは、おまえらしいの」

マハーカーリーは、こちらの考えがわかるようだった。

魔法ではなく、実力で夢を叶《かな》える。自分の努力で一つずつ積み上げた力で。その努力の中にこそ、大商人の真価はある。

理解してもらえた。嬉しい。だから、次のことも自信を持って言える。

「でも、今は違います。ヘクセンナハトでどうしても叶えたい願いがあります」

「それを聞かせてもらえるか？」

ラヴェーナは手すりを離れ、マハーカーリーを真《ま》っ直《す》ぐに見据えた。

さっきまで千々《ちぢ》に乱れていた心は定まっている。今宵《こよい》の月の位置のように。

「あなたの、二つ目の願いを叶えること」

マハーカーリーが驚いたように目を見開いた。

「わたしが目指す大商人は、いつでも、どこでも、どんなものでも取り寄せる、そんなことができる人間です。以前は、それを、わたしをバカにした兄たちに見せつけてやりたかった。それが夢でした。でも今は違う」

言葉が淀《よど》まない。これを伝えるために、ずっと今日までやってきた。

「あなたに、応《こた》えるために」

「……！」

「あなたが、いつ、どこで、どんなものを欲《ほっ》しても、それに応えられる商人になりたい。あなたが困っているとき、必ずそばにいて、助けられる人間になりたい。そうして、もっとあなたに近づきたい。それがわたしの一番の夢」

ラヴェーナは世にも珍しい、途中で願いが変化したメドヘンだ。

兄弟を見返すためという怒りに満ちた受け身の動機は、マハーカーリーのためにという純粋で能動的な動機に昇華《しょうか》した。

それは商人にとってとても大切な〝誰のために商売をするのか〟という問いの答えを、彼女に見つけさせた。

願いが前進すると同時に、ラヴェーナもまた前に進んだのだ。

マハーカーリーに会えたおかげで。

彼女は少し戸惑《とまど》いがちに言った。

「ラヴェーナ。おまえは、もう妾の近くにおるよ」

「もっと」

「もっとか」

「はい」

「では隣かな」

「はい。隣です。そこをわたしの居場所にしたい」

今こそ。

「姫様、あなたのことが好きです」

言えた。何もかも言えた。あんなどさくさまぎれじゃなく、面と向かって。

好き。

口にすればこれだけの短い気持ちを伝えるのに、どれほど時間がかかったんだろう。

けれどこの中に、ありとあらゆるものが詰まっている。これほど重い言葉は、他にない。

マハーカーリーは小さく息を吐くと、手すりに身を寄せて、室内を――パドマ魔法学校を見た。

「妾の後宮《こうきゅう》には、慕《した》ってくれる多くの娘たちがいる。しかしみな、妾の後ろに付き従い、隣に立とうとする者はいなかった。エーシャやアメーシャ、アムリタにしても」

その視線がラヴェーナへと向かう。ハーレムの少女たちではなく、ラヴェーナただ一人に。

「おまえだけが違う。ならばラヴェーナは、側女《そばめ》ではなく、妾の〝友〟ということになるな」

「……‼」

ラヴェーナは思わず呼吸を忘れた。

友？

これまで仕《つか》えるように慕《した》ってきたマハーカーリーと自分が、対等な〝友達〟に?

「妾の友になってくれるか? ラヴェーナ」

今度はマハーカーリーの青い瞳が、真っ直ぐにこちらを射貫《いぬ》く番だった。

返す声がのどにからむ。

「わたしなんか、が――」

「妾の願いは何でも聞いてくれるのじゃろう、商人? あの時おまえだけが、妾が隠していた不安に気づいてくれた。そして泣いてくれた。嬉しかったよ……」

彼女は薄く笑いながら、わずかに目を伏せた。

マハーカーリーは遥《はる》かな高みにいる少女だ。自分なんかとは何もかもが違う。きっと、ハーレムの他の少女たちもそう思っている。

だからマハーカーリーは、高嶺《たかね》に、いつもぽつんと咲く花だ。

いつも。一人で。

かすかに笑う無防備な彼女の貌《かお》が、寂《さび》しそうで、今にも泣きだしそうで――

ラヴェーナは突然、胸が潰《つぶ》れたように苦しくなった。

(ああ、そうか……)

これまで、誰が彼女を支えてやれた?

誰が彼女の不安を聞いてやれた?

誰が彼女の弱さを受け入れてやれた?

これまで、誰が？

（じゃあ、姫様は……。マハーカーリーは……！）

ずっとずっと、独りだった……！

そうだ。マハーカーリーだって一人の人間だ。一人の女の子なんだ。

みんな勘違《かんちが》いしていた。

脆《もろ》さもあれば、弱さもあって当然だ。

なのに、今まで誰にもそれを見せられなかった。

隣に、誰も、いなかったから……！

胸の奥から熱が沸き上がり、こらえる間すらくれず、目から滴《しずく》となってこぼれていくのがわかった。

拭《ぬぐ》っても拭っても、焼けるような熱さが胸からとめどなく溢《あふ》れてくる。

でもいい。この涙は抑えなくていいんだ。

マハーカーリーのこれまでの寂しさが悲しいのと同時に、それを見せてもらえたことが何よりも嬉しいのだから。

嬉しくて泣いているのだから。

ラヴェーナは拳《こぶし》を握りしめると、肩を震わせ叫ぶように言った。

「なり……ます……。あなたの友達に、なります……！」

かすむ視界に、マハーカーリーの瞳の色だけがはっきりと映る。

「今はまだ自信が持てないけど、必ず……！　必ずあなたの友達になってみせます！　だから……」

「その日が来るのを待っておるよ、ラヴェーナ。いつまでもな……」

ラヴェーナの小さい手に、マハーカーリーの細い指がふれる。

ラヴェーナは彼女の指に、自分の指を絡《から》ませた。

二人は笑い合った。お互いの瞳に、お互いの顔を映しながら。

ある静かな星降る夜のこと。

これは、とある商人とお姫様の——いや。

二人の少女の、友情の物語。

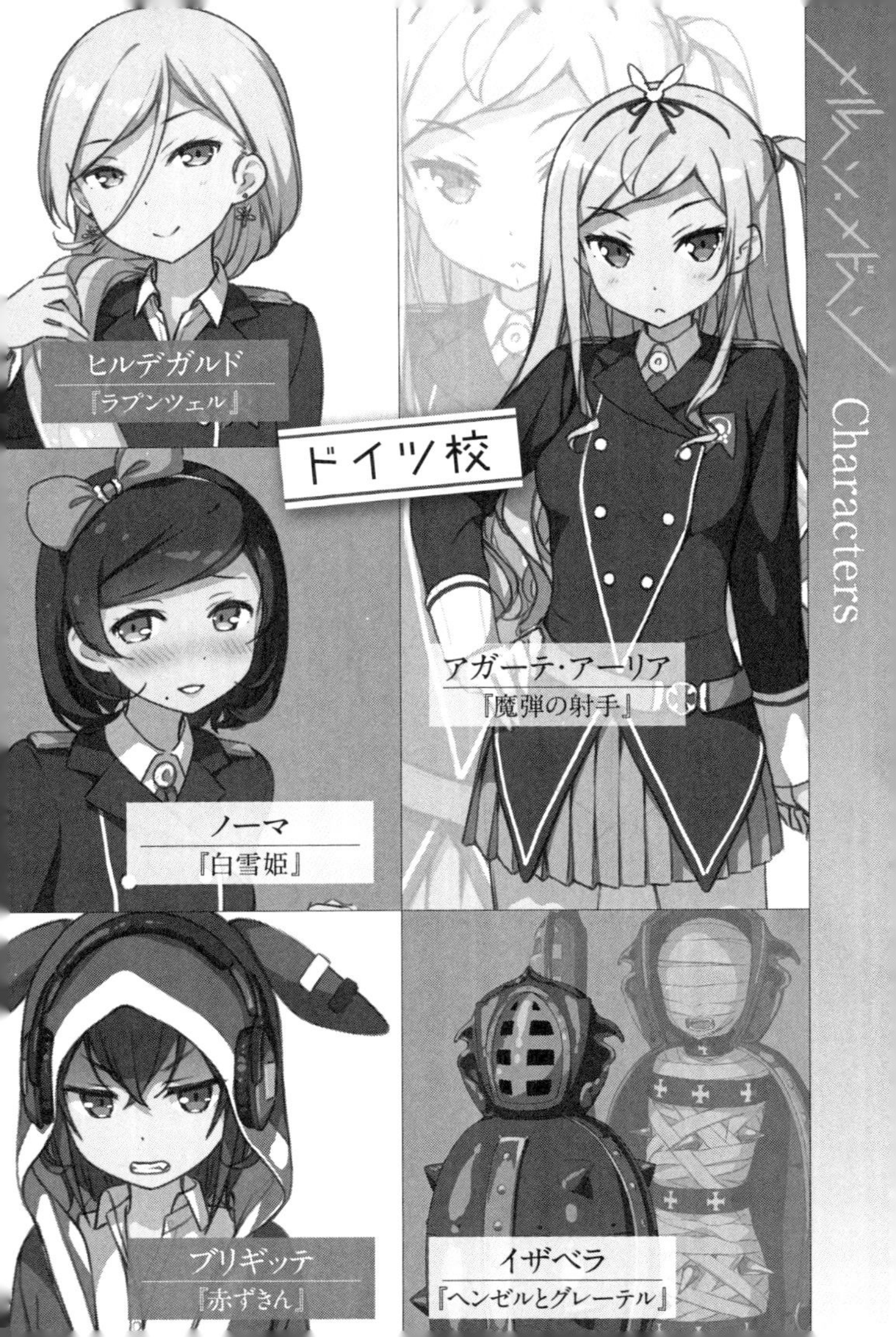

メルヘン・メドヘン
Characters
ドイツ校
アガーテ・アーリア
『魔弾の射手』
ヒルデガルド
『ラプンツェル』
ノーマ
『白雪姫』
イザベラ
『ヘンゼルとグレーテル』
ブリギッテ
『赤ずきん』

第二章

ドイツ校「恋する少女たちとカーネヴァルの夜」

著／斧名田マニマニ

幼い頃から繰り返し見る夢がある。

とても嫌な夢。

悪夢。

でもその悪夢をヒルデガルドは憎んでいない。

なぜなら悪夢はヒルデガルドに思い出させてくれるから。

果たさなければいけないたったひとつの願いを。

それを勝ち取るためならば、どんなことでもするという決意を――……。

◇◇◇

その日、ヒルデガルドは楽しくて仕方なかった。

右手を父と繋《つな》ぎ、左手は母と繋いで。

いつも農作業に追われている両親が、こんなふうにヒルデガルドを連れて出かけてくれたのは初めてだ。

たった三歳のヒルデガルドにも、今日が特別な日だということはわかった。

「ねえ、ママ。今日はどこへ行くの?」

「……」

ニコニコとしながら尋《たず》ねてみたけれど、母親から返ってきたのは曖昧《あいまい》な笑みだけだった。

「ねえ、パパ？」

「……」

父親は唇を引き結ぶと、ヒルデガルドから視線を逸《そ》らすようにして空を見上げた。

「雨になりそうだな。急ごう」

「ええ……」

街道を行く三人を、街へ向かうバスが追い越していく。

一本道だから目的地は同じはずだが、両親はバスを呼び止めない。

ヒルデガルドの家はとても貧乏で、家族三人がバスに乗る余裕さえなかったのだ。


一家が街へ着く頃には、父親が言ったとおり冷たい雨が降り始めていた。

フードをかぶせてくれた母親の優しさに、少し甘えたくなってしまった。

「ママ、おなか空《す》いた」

「我慢してちょうだい」

「足も痛いよ」

「もうすぐだから。あと少しがんばって」

「ねえ、ママ。ヒルデたち、どこに行くの？」

「……」

やはり母はその問いにだけは答えてくれなかった。

雨雲に覆《おお》われた街の下をとぼとぼと歩き、やがて辿《たど》り着いたのは立派な庭園を持つレンガ造りの屋敷だった。

（大きなおうち……）

年代を感じさせるが堂々とした佇《たたず》まいの屋敷を前に、ぽかんと口を開けていると、口の中にポタポタと雨粒が入り込んできた。

父と母が顔を見合わせて頷《うなず》き合う。

呼び鈴《りん》を鳴らしたのは父のほうだった。

『どなた？』

壁に取りつけられた機械の中から、返事が戻ってくる。

女の人の声だ。

どこか冷たく、意地悪そうで、ヒルデガルドは身を竦《すく》めた。

ところが父が名前を告げた途端、その声の響きが明るくはしゃいだものに変わった。

『ああ、待っていたのよ！　すぐに開けるわ！』

家の中から飛び出してきたのは、若くて美しい女性だった。

背が高くてとてもスタイルがいい。

体にぴったりした黒いロングのワンピースを身にまとっており、真っ赤な口紅《くちべに》が印象的だった。

「いらっしゃい！　さあ、中へ入って！　こんなところにいたら、ずぶ濡れになってしまうわよ」

ハイテンションでまくしたてた女性は、ニイッと口角を上げ、ヒルデガルドに微笑みかけてきた。

「疲れたでしょう？　寒くはない？」

圧倒されて首を振る。

何より驚いたのは女性が自分に話しかけていることだ。

大人は大人と話すものだと思っていた。

でも女性はなぜか両親ではなく、ヒルデガルドだけを見つめている。

（どうして……？）

不思議だし、なんだか怖い。

母親の陰に隠れようとしたら、その背をグイッと押されてしまった。

そうしたのは母親だ。

「ママ？」

不安に感じて母親を見上げる。

彼女は青白く死人のような顔をしていた。

女性は一家を暖炉のある広いリビングに通した。

パチパチと火のはぜる音がする部屋はとてもあたたかい。

それにいい匂《にお》いがした。

スンスンと鼻を動かしていたら、「ハーブの匂いがするでしょ?」と女性に微笑みかけられた。

ヒルデガルドはぎこちなく頷き返した。

優しそうな人なのに、どうしてなのかやっぱり少し怖い。

「あまり長く一緒にいると、離れるのがつらくなるわね。だからさっさと嫌なことは済ませてしまいましょう」

よくわからないことを言ってから、女性が暖炉の前に移動する。

その上に置かれている小箱を開けると、彼女は紙包みを取り出し、父親に向かって差し出した。

「さあ受け取って」

彼女が初めて両親に話しかけた瞬間だった。

「……」

父親はヒルデガルドに視線を向けてから、ぎゅっと目をつぶった。

ヒルデガルドには父親がすごく苦しんでいるように見えた。

「パパ……?」

父親の骨ばった手がゆっくりと伸ばされる。

女性は押しつけるように紙包みを父親の手に握らせた。

その瞬間、父親の肩が強張《こわば》ったのをヒルデガルドは恐ろしく思った。

「さあ、これでオッケーね！　ヒルデガルド、あなたはいまからこのうちの子よ」

「え……？」

「ママとパパにバイバイをして。今日からヒルデガルドはここでわたしと一緒に暮らすのだから」

「え……」

女性の言っていることが全然理解できない。

ヒルデガルドは怖くて怖くて仕方がなくて、震えながら首を横に振った。

「やだ……。ヒルデ、ママとパパと一緒に帰る……」

必死に母親の足にすがりついて訴えかけた。

どんどん涙が溢《あふ》れてくる。

自分に何が起きているのか、ヒルデガルドにはまだよく理解できていなかった。

ただ、すがりついている手を離したら絶対にいけないことだけはわかった。

「ヒルデガルド、ごめんなさい……。でもここにいれば魔法を教えてもらえるから」

「やだ！　魔法なんて知らない！」

「おいしいものだっていっぱい食べさせてもらえるんだぞ」

「そんなの食べたくないもん！」

「わがままを言わないでちょうだい……！」

「……！」

泣きながら叫ぶ母親を前にして、ヒルデガルドはハッと息を呑んだ。

母親の涙なんて初めて見た。

「ママ……。ママ‼」

もう全部が怖い。

わけがわからなくて、泣いて泣いて泣き叫んだ。

「すまない、ヒルデガルド……」

眉根を寄せてそう呟《つぶや》いた父親は、母親の肩を抱いて部屋を出ていこうとした。

慌《あわ》てて追いかけようとしたヒルデガルドの細い腕を、女性が掴んで引き留《と》める。

「やだ！　放して‼」

「だめよヒルデガルド。あなたはここでわたしと一緒に魔法の勉強をするのだから」

「やだ！　やだ‼　ママ‼　パパ‼」

必死になって両親を呼び続ける。

涙で喉《のど》を詰まらせて、それでも叫ぶように声をあげた。

息がうまく吸えない。

苦しい。

とても苦しい。
死んでしまう……。

◇◇◇

「……っ！」
ハッと目を覚ましたヒルデガルドは、慌てて自分の首に両手を当てた。
指先に触れたのは絹《きぬ》のようにサラサラとした感触。
視線を落とすまでもなく、それがなんなのかわかって脱力する。
ヒルデガルドの首に巻きついていたロープのようなものは、自分の長い髪だった。
寝ている間に髪が絡《から》まって首が絞《し》まったらしい。
その結果、夢は悪夢へと変化した。
まったくもう。
冗談じゃない。
「なによ……。無駄に驚いちゃったじゃないの。ふんっ」
プリプリしながら、絡みついていた髪を乱暴に払いのける。
焦《あせ》りまくって目を覚ました自分が恥ずかしい。
ヒルデガルドは思いっきり顔をしかめた。

ナルシストでプライドの高いヒルデガルドは恥をかくのが大嫌いだ。
人目があろうとなかろうと問題じゃない。
とにかくいつも完璧な自分でいたいのだ。
それが叶《かな》わないとムカムカする。
だから今朝の気分は本当に最悪だった。
「髪が長いと、面倒なことばかりね！」
文句を呟いて、ブランケットを撥《は》ね除《の》ける。
髪を洗うのにも、乾かすのにも時間がかかるし、お手入れも大変だ。
だからといって、もちろん切ってしまうわけにはいかない。
この髪はヒルデガルドの武器。
「願いを叶えるまで……。それまでの辛抱《しんぼう》よ」
（鬱陶《うっとう》しい髪も、ママやパパに会えないことも……全部……全部……）
「ヘクセンナハトでわたしたちドイツ校が優勝するまで、しっかり耐えるのよ……」
無心でブラッシングをしながらブツブツと呟く。
ドレッサーに映る自分の目が死んだ魚のそれのように虚《うつ》ろでも気にしない。
これは儀式のようなものだ。
こうやって毎朝、呪いをかけるかのように願いを口にする。
何が起きても夢を叶えるまで、決して気持ちが負けてしまわないように。

覚悟は言葉にすることで、心に焼きつくものだとヒルデガルドは思っていた。
それなのに——……。

◇　◇　◇

「ちょっとアガーテ！　真面目《まじめ》に取り組みなさいよ！」

そう怒鳴った直後。

「『長い金髪』‼」

ヒルデガルドは、ぼんやりと窓の外を見ていたアガーテに向かい、固有魔法を放った。

手ごたえはない。

アガーテはあっさりと、優雅にすら見える動きで、ヒルデガルドの攻撃をかわした。

どうせ当たるわけはないと思っていたけれどムカッとする。

怒りのやり場を見失った気分だ。

「すまない。ぼんやりしていたようだ」

しかもあっさり謝られてしまった。

次の文句を口にしづらい。

「……見ればわかるわよ。あなたここ最近ずっとそんな感じだから！」

吐息《といき》がかかりそうなほどの距離まで詰め寄り、アガーテを睨《にら》みつける。

これだけ近づいても、陶器のように滑らかなアガーテの肌には、そばかすひとつ見当たらない。

思わず怒っていることも忘れて見惚《みと》れてしまう。

さすがヒルデガルドが学園内で唯一《ゆいいつ》美しさを認める存在だけあった。

(本当に綺麗……。いったいどんなお手入れをしたら、こんな美しい肌を維持できるのよ……)

嫉妬《しっと》と憧《あこが》れがごちゃ混ぜになった感情を抱きながら、じーっとアガーテの顔を見つめる。

(触ったら絶対、すべすべしてるわよね……。触ってみたい……。触っちゃおうかしら……)

触れてみたくてムズムズしてくる。

ごくりと息を呑んで、ヒルデガルドが手を伸ばそうとした時……。

「ヒルデガルド? 話はそれで終わりか?」

「……!」

小首を傾《かし》げたアガーテに問いかけられ、ハッと我に返る。

いけない。

ぼんやりしている場合ではなかった。

「と、とにかく! そんな態度じゃ困るってことが言いたいの!」

体育館に隣接して建てられた魔術訓練場。

この施設を一般生徒は利用できない。

ここはヘクセンナハトに出場する原書使い見習《メドヘン》いたちが、大会に向けて、訓練を行うためだけに用意された場所なのだ。

ヒルデガルドたちは毎日放課後この訓練場に集まり、他の生徒たちが部活動や友人同士の交流をしている間、必死に魔法を磨いている。

すべてはヘクセンナハトで優勝するため。

自由な時間や友情を犠牲にして、がむしゃらに魔術修行を続けていた。

(それなのにアガーテったらありえないわ！)

ここ数日、アガーテはまったく訓練に集中せず、窓の外ばかり眺めている。

窓の外からは、吹奏楽部の練習する音楽が響いていた。

二週間後は謝肉祭《カーネヴァル》。

我が校でも毎年その日は、仮装ダンスパーティーが開催される。

吹奏楽部はパーティーで演奏する楽曲を練習しているのだ。

アガーテの気がそぞろになっている理由は、どうやらそこにあるようだった。

「アガーテ、謝肉祭なんかに興味があるの？」

「へ⁉　い、いいいいいや……そんなことはないぞ……」

「ふうん、あるわけね」

「……」

めちゃくちゃ目が泳いでいる。

アガーテに嘘が下手《へた》だ。

しかも普段冷静なくせに、動揺すると露骨《ろこつ》に態度に出る。

「どこがいいのよ。単なるダンスパーティーじゃない。仮装用の衣装だって手作りじゃなきゃいけないっていうし」

ヒルデガルドなど強制参加じゃなくてホッとしていたぐらいだ。

呆《あき》れ顔でアガーテを見ると、彼女は無表情のまま頬をうっすらと染めて、ポソポソと呟いた。

「楽しそうではないか」

「だからどこが？」

「……友達と一緒に衣装を作るのも。その格好でパーティーに参加するのも」

(ああ、そっか。この子って前から『友達』に憧れていたんだっけ)

謝肉祭や仮装と同じで友達なんてものの良さも、ヒルデガルドにはまったくわからなかった。

意味もなくやたらと一緒にいたがったり。

ベタベタしたり。

そんな行為に何の得があるのか。

「謝肉祭に参加するのはアガーテの勝手だけれど、練習中はこっちに集中してよね」

「いや。参加はしない。というかできない」

「なんでよ？」

「わたしにはパートナーとなる友人がいない」

「うわ……。そうだったわね……」

アガーテの周りの空気がどんよりと淀《よど》む。

彼女の地雷を踏んだと気づいたときには、もう遅かった。

「そうわたしにはパーティーに誘ってくれる友人が一人もいない。だから友人とパーティーに参加できる者たちのことが、うらやましくて仕方ない」

そう呟いてアガーテが遠くを見つめる。

彼女が本気でうらやましがっていることは、無表情な横顔からもしっかり伝わってきた。

（……なるほど。だから心あらずな態度でぼんやりしていたわけね）

たしかに窓の外を眺めていたアガーテの顔は、どことなく寂《さび》しそうだった。

「もう、アガーテさまったら。このノーマに、命令してくだされればよかったのに……」

ふたりのやり取りを聞いていたのか、チームメンバーのブリギッテと手合わせをしていたノーマが、唐突に話に割り込んできた。

「わたくしがしっかりダンスのパートナー役を引き受けさせていただきますわよ？」

「ノーマが？」

突然の申し出に、アガーテが目を見開く。

ノーマはにっこりと微笑んで、首を縦《たて》に振った。

「アガーテさまとダンス……。奴隷として精一杯励ませていただきます。ですから、どうか首輪をつけて指導してくださいませ。はぁはぁ……」

指をくわえて、アガーテに迫っていこうとするノーマを、とりあえず後ろから羽交い締めにして止める。

アガーテは悲しげに眉を下げてから首を横に振った。

「ありがとうノーマ。気持ちだけはありがたく受け取っておく。だがわたしが欲しいのは奴隷ではなく友人だ」

（ツッコミがいなくてつらいわ……）

そこでふとヒルデガルドはひらめいた。

（……この状況、利用できるんじゃない？）

アガーテは生真面目《きまじめ》で実力もあるけれど、好きなものや興味があるものにたいしては、年相応の隙《すき》ができる。

今回の問題だってそう。

いくら注意しても、謝肉祭が終わるまで毎日上《うわ》の空のままだという可能性も十分考えられた。

でもそんなことでは困るのだ。

（ドイツ校の勝利は間違いなくアガーテにかかっているわ……）

そのアガーテを二週間もの間、腑抜《ふぬ》けにさせておくわけにはいかない。

ヒルデガルドは口の端でにやりと笑うと、甘い取引を持ちかけるためアガーテに歩み寄っていった。

「ねえアガーテ。わたしが『友達』として、一緒に謝肉祭のパーティーに出てあげようか？」

首を傾げて、にっこりと微笑みかける。

アガーテは形の良い瞳を大きくさせて、ヒルデガルドを見つめ返してきた。

「なに……？　ヒルデガルドがわたしの友にだと……？」

「そう。『友達』欲しかったんでしょう？　わたしがなってあげてもいいよ」

「奴隷ではなく友達か？」

「奴隷なんて冗談じゃないわよ！」

「ちょ、ちょっと待ってください！　おふたりとも！」

慌《あわ》てた形相《ぎょうそう》でノーマがヒルデガルドたちの間に割り込んできた。

「ヒルデガルドさん、抜け駆けは禁止ですわよ？」

いつもどおりおっとりとした微笑みを浮かべているものの、ノーマの目はまったく笑っていない。

「うるさいわね、ちびっこドMは引っ込んでて」

「ドMはいいですけど、ちびっこって言うのはやめてくださいませ」

「なによ。ちびっこじゃない、あんた」

「そうですけど……」

「だいたいノーマがなりたいのはアガーテの奴隷で、友達じゃないんでしょ」

「ぐぬぬ……。それはそうですけれど！」

気取ることも忘れて、心底悔しそうにノーマが両手を振り回している。

苛立《いらだ》つとノーマは途端に子供っぽくなる。

普段は年のわりにやたらと色気のある微笑を浮かべて、変態じみた発言を繰り返しているが、まだまだ詰めが甘いのだ。

ヒルデガルドはそんな部分を引きずり出して、ノーマをからかって遊ぶのが好きだった。

「ふん。ざまぁ」

「ひどいですわぁ……!!」

ショックを受けているノーマをグイッと押しやり、ヒルデガルドはもう一度アガーテに向き直った。

「ねえアガーテ、奴隷じゃなくて友達が欲しいんでしょう?」

「う、うむ……」

「だったら何を迷うことがあるのよ?」

「……だが友達とは『これからなりましょう』と言ってなるものなのか?」

「そういうこともあるわよ」

「少し不自然な気がするが……」

アガーテは顎《あご》に手を当てて考え込んでいる。

ふたつ返事で承諾《しょうだく》するかと思いきや、意外とアガーテは慎重だった。

(まあわたしたちのこれまでの関係を思えば当然か)

ヘクセンナハトのために最低限の付き合いはしてきたけれど、それはあくまでチームメイトとしてだ。

（アガーテの美しさと強さには関心があるけれど……）

でも他の生徒たちと同様、ヒルデガルドにとってもアガーテは近寄りがたい存在だった。

アガーテは女王として学園に君臨する。

本人が望む望まないにかかわらず、誰もがそう思っている。

最強で完璧な存在、その結果、アガーテはとても近寄りづらいオーラを放っていた。

（そんな女王と友人になろうなんて普通は考えないわよ）

今のヒルデガルドのように得があって近づきたいのならばともかく。

「不自然っていうけどアガーテ、あなたって友達がいたことないんでしょ？」

「ああ、そうだが」

「だったら友達のなり方を知らないってことじゃない。なのになんでわたしの言う方法が間違ってるってわかるのよ」

「たしかに……」

「校内であなたの次に美人で、あなたの次に実力のあるこのわたしが友達になってあげるって言ってるのよ。うれしいでしょ！」

「その点に関しては別にそうでもないな」

「チッ」

あっさり否定されてしまった。

でもまだ諦《あきら》めない。

「友達と一緒に仮装用の衣装を作ったりしたいんでしょう？」

「うっ……」

アガーテの腕に自分の腕を絡めて、ニコニコと語りかける。

人と密着することになれていないのか、アガーテの白い頰がポッと朱色に染まる。

ヒルデガルドはしめしめと思いながら、ニイッと口角を上げた。

「すっごく楽しそうだと思わない？」

「……思う」

「ただひとつだけ条件があるわ」

「条件？」

アガーテが興味を抱いたことに気づき、ヒルデガルドは心の中でほくそえんだ。

「謝肉祭のパートナーになってあげる。代わりに練習時間はしっかり集中して」

ご褒美《ほうび》をちらつかせて練習に集中させる。

それはヒルデガルドを教育した魔女が行ったのと、まったく同じ方法だった。

その事実に気づいたとき、ヒルデガルドの心の中で、重く冷たい鉛《なまり》のような感情がうごめいた。

（……別に罪悪感なんて覚える必要ないじゃない。わたしがしようとしていることは悪いことではないもの。そうよ……。ドイツ校の勝利のためだし……）

不快な想いを消し去りたくて、無理やり明るい声を出す。

「ほら、どうするのアガーテ！　わたしの気が変わる前に早く返事しなさいよ」

「パートナーではない」

「え？」

「今ヒルデガルドは『謝肉祭のパートナーになってあげる』と言っただろう。そうではなく、『友達になってあげる』だろう」

「ああ、そうね。そうそう」

（そこ別にどっちでも良くない……？）

そう思ったものの、余計なツッコミを入れてアガーテと議論になっても面倒なので、適当に微笑んでおいた。

「……では今この瞬間からわたしたちは友達だな？」

「ええ！」

口元が弛《ゆる》みそうになったので、慌てて手を当てて隠す。

（いけないいけない。わたしの思惑がバレちゃうわ）

せっかくうまいことアガーテをその気にさせたのだ。

チラッと視線を動かし確認すると、怪《あや》しんでいる様子はない。

（ふふ。意外とちょろかったのね、アガーテったら）

自分のチームのリーダーなので多少不安ではあるけれど。

でも、とにかくこれでドイツ校のエースを、訓練に集中させることができたのだ。

◇◇◇

『友達』になる――。

ヒルデガルドがアガーテとそう約束を交わしたあと、アガーテは信じられないくらい熱心に、魔術訓練に取り組んでみせた。

「うわっ、真面目《まじめ》か……！」

ヒルデガルドが思わず呟《つぶや》くと、褒《ほ》められたと思ったのかアガーテは誇らしげに顎《あご》を上げた。

（ふうん。アガーテって、こんな一面があったのね……）

いつも仏頂面《ぶっちょうづら》をしているから、警戒心が強いのかと思っていたけれど、案外乗せられやすいタイプなのかもしれない。

「まあ集中してくれるようになって良かったけど」

「交換条件だからな。このあとわたしはおまえを仮装パーティーの準備に付き合わせるわけだし。おまえの望んだことにも、ちゃんと全力で取り組むのが筋《すじ》であろう」

「え!?　このあとって……」

「謝肉祭《カーネヴァアル》まであと二週間しかないのだ。今日からさっそく仮装パーティー用の衣装準備に取り掛かるぞ」

仁王《におう》立《だ》ちしているアガーテが、腕を組んでそっくり返る。

「当然付き合ってくれるだろうな?」

「そ、そうね……」

愛想笑いを返したものの、左の頬が引きつってしまった。

(めんどくさ……)

魔術訓練でヘトヘトに疲れたあと、寄り道をしなければならないなんて最悪すぎる。

とはいえヒルデガルドから提案したのだし、文句は言えない。

(普段だったらその場で解散して、個々に帰宅するところだけれど……。付き合うしかないのよね……)

ヒルデガルドはアガーテに気づかれないよう、小さくため息を吐いた。

◇◇◇

そんなわけで魔術訓練終了後、ヒルデガルドはアガーテと一緒に、街の手芸店へやってきたのだが……。

「これでついにわたしも、放課後の寄り道デビューを果たしたのだな」

アガーテは手芸店とヒルデガルドを交互に眺めて、瞳をキラキラと輝かせている。

相変わらず表情は乏《とぼ》しいままだ。

けれどその目を見ればアガーテがどれだけよろこんでいるのか、ヒルデガルドにも嫌というほど伝わってきた。

（わかりやす！　ていうかそんなによろこぶところ……？）

「さあ、ヒルデガルド。店内へ入るぞ」

「ええ……」

呆気《あっけ》にとられたヒルデガルドは、複雑そうな表情を浮かべたまま、アガーテのあとについていった。

「まずはなんの仮装をするか決めるところからだな。ふたりでダンスパーティーに出るのだから、お互いに合わせるほうがいいと思うがどうだ？」

生地《きじ》を見繕《みつくろ》いながら、アガーテが語りかけてくる。

「え？　ああ、まあそうね」

「ヒルデガルドはどんな仮装をしたい？　何か希望はあるか？」

「希望って……いきなり聞かれても困るんだけど」

「仮装といえばメジャーどころではピエロ、仮面をつけた貴族、動物、少しダークな方向性でいくなら死神やドラキュラなどがあるな」

「あなた異様に詳しくない⁉　ちょっと引くんだけど！」

「謝肉祭の仮装パーティーがうらやましすぎて、毎日、寝る前にネットで検索《けんさく》をしていたのだ。『謝肉祭、仮装、メジャーなの』などと入力してな」

「へ、へえ……」

生地を手にしたアガーテが得意げな顔で振り返る。

(そこはドヤ顔をするところじゃないわよ……)

さっきから完全にアガーテに押されている。

そのことがなんだか気に入らない。

主導権を取り返したくなってきたヒルデガルドは、気を取り直してアガーテの隣へ歩み寄っていった。

「ピエロや動物はありえないわ。だってアガーテ、わかってる？　このわたしたちが仮装をするのよ。わたしたちの美貌を引き立てるような仮装を選ばなくっちゃ！」

「わたしはピエロも悪くないと思うが……」

「無理無理！　道化なんて冗談じゃないわよ！」

「それなら血まみれの吸血鬼にしてみるか？」

「はあ⁉　そんなのピエロ以上に嫌！」

よく見たら、アガーテが手にしている生地も、ひどく悪趣味な柄《がら》をしていた。

(非の打ち所がない完璧人間だと思っていたけど、アガーテのセンスはどうかしているわ……)

このままアガーテに選ばせたら、とんでもない仮装をさせられそうだ。

危機感を覚えたヒルデガルドはアガーテを押しやると、仕方なく真面目に生地選びをはじめたのだった。

◇◇◇

ヒルデガルドとアガーテが本格的に仮装衣装作りを開始したのは、翌日の放課後から。

作業はアガーテの部屋で行われる。

自分のパーソナルな空間に他人を入れるのがなんとなく嫌で、ヒルデガルドが断った結果、アガーテの部屋を使う流れになったのだ。

けれどそうとは知らないアガーテは、友人を部屋に招くのは初めてだと言って、うれしそうに瞳を細めた。

それを見てヒルデガルドの胸はチクリと痛んだ。

（手芸店に行った時も思ったけど、よろこび過ぎなのよ……）

友人になると言って近づくことに、最初はなんの躊躇《ためら》いもなかった。

しかしアガーテの反応を見ているうち、ヒルデガルドの中にだんだん罪悪感が生まれてきてしまったのだ。

（はぁ……最悪……。こんなはずじゃなかったのに……）

まさかいまさら真実を打ち明けるわけにもいかない。

なんとも言えないモヤモヤがヒルデガルドの心に積もっていった。

「よし、着いたぞ。ここがわたしの家だ」

「え？　ああ……って、ハァッ⁉　なによこれえっ⁉」

鬱々《うつうつ》とした気持ちを抱《かか》えたまま、アガーテの案内に従っていたヒルデガルドは、案内された家を見上げて思わずあんぐりと口を開けてしまった。

目に映ったのは見たこともない大豪邸。

家というか、これはもうお屋敷だ。

（嘘でしょ……。城かよ……！）

アガーテが名家の出なのは知っていた。

（でもまさかここまですごい家のお嬢様だったなんて……）

借金を抱え、その日の食べ物にも困って、娘を売り払ったヒルデガルドの両親とは真逆《まぎゃく》の環境だ。

生まれは誰にも選べない。

だからアガーテに苛《いら》つくのは筋違いだとわかっているものの、正直少しムカッとした。

さっきまで心にあった罪悪感なんて、あっさり消え去った。

結局ヒルデガルドにとっては人として正しくあることより、ヘクセンナハトで勝利することが優先されるのだ。

十何年そうやって生きてきた。

ただひとつ、なによりも大切なもの。

その根底は決して揺らぎはしない。

「わたしの部屋に案内しよう。ついてきてくれ」

「ええ……」

人付き合いの下手《へた》なアガーテは、ヒルデガルドが無愛想な返事をしたことにも気づかなかった。

でもおかげで苛立ちを無理やり押し殺さずに済んだ。

(恵まれた環境で育って苦労を知らないから、ヘクセンナハトにかける想いもたいして強くないんじゃない?)

もし本当にそうだったら困る。

というか許せない。

今まではアガーテのずば抜けた強さから、ドイツ校のリーダーは彼女しかいないと思ってきた。

でもなんだか疑わしい。

(これから何日も行動をともにするんだから、その間にアガーテがリーダーにふさわしいのか見極めてやるわ……)

もし彼女のヘクセンナハトにかける想いが足りないと感じたときには、リーダーの座をめぐって勝負を挑むことも辞さない。

ヒルデガルドは、密《ひそ》かにそう決意したのだった。

◇　◇　◇

「さて……ここがわたしの部屋だ」

「……!?」

この家を見たときにも驚いたけれど、それ以上の衝撃があった。

アガーテの部屋は、ヒルデガルドの部屋のざっと五倍の広さだ。

その広々とした部屋は、ぬいぐるみや、ドールハウスや、用途のよくわからないファンシーなオブジェやらグッズで埋め尽くされている。

壁や天井、それから家具もすべてパステルカラー。

枕元には巨大なユニコーンのぬいぐるみが置かれていた。

「まさかあれを抱っこして毎晩寝てるとか言わないわよね……?」

「むっ」

「『むっ』てなに!?　肯定否定《こうてい》どっちよ!?」

アガーテが微《かす》かに頬を染めたのを見て、なんとなく答えは察したけれど信じられない。

いや信じたくない。

可愛いものに目がないとはいえ、度を超している。

(なによりアガーテのキャラに合ってない……!!)

完璧に最強なクールビューティーというイメージが、このファンシーな部屋のせいで崩壊していた。

「申し訳ない。多少部屋がごちゃごちゃしているが気にするな」

「多少⁉」

「散らかりすぎだろうか？」

「問題はそこじゃなくて‼」

「ではどこだ？」

「……いえ、もういいわ」

（個人の好みにまで、あーだこーだ口を出す必要はないわよね……）

「……？　まあとにかくソファへ座れ。ああ、それからうさぎちゃんクッションと、ワンちゃんクッションではどちらがいい？」

（うさぎちゃんにワンちゃんっ⁉）

目を剝《む》いて驚くヒルデガルドにたいして、アガーテはいつもの無表情で小首を傾《かし》げている。

「うさぎでいいわ……」

「そうか。ではわたしがワンちゃんを使おう」

（なんだか頭が痛くなってきた……）

ヒルデガルドはこめかみを押さえて、重い息を吐き出した。

◇◇◇

ふたりは昨日、手芸店で買ってきた材料をローテーブルに広げると、さっそく衣装作りに取り掛かった。

「まずは型紙に合わせて、生地《きじ》を裁断するところからだ」

「アガーテ、服の作り方知ってるの？」

「昨日ネットで調べておいた」

「うわっ。そういうとこホント真面目ね」

「イメージトレーニングもばっちりしておいたから問題ない」

「それって役に立つの……？」

ヒルデガルドは訝《いぶか》しげに眉を寄せた。

自信満々に頷《うなず》くアガーテを見ても、あんまり信じられない。

とはいえアガーテが段取りを把握《はあく》しているとわかって安心した。

貧乏時代はよくボタンを付け直したり繕《つくろ》い物をしていたが、衣装を作る知識なんてさすがに持っていなかったから。

（そもそも作業をすること自体が面倒だったし）

衣装作りはアガーテに押しつけて、自分は適当に時間を潰《つぶ》していよう。

そう思いながらヒルデガルドは、さっきメイドが運んできたダンプフヌーデルに手を伸ばした。

ダンプフヌーデルは南ドイツ生まれのお菓子だ。

蒸し焼きにしたふわふわのパンに、バニラソースをたっぷりかけて食べる甘いデザート。

フォークを使って器用に切り分けてから、バニラソースを絡《から》ませて、口へ運ぶと……。

「あーむっ」

（んーっ……!?　おいしい……!!　なによこれ!?　こんなにおいしいダンプフヌーデル初めて食べたわ！）

ヒルデガルドが知っていた味よりも、ずっと上品な甘みが口いっぱいに広がった。

幸せな優しい香りが、ふわっと鼻に抜けていく。

上にかけられたバニラソースはまだ温かく、蒸しパンは作り立てのように柔らかかった。

かなりボリューミーなお菓子だけれど、ヒルデガルドはほんの数口でぺろりと平らげてしまった。

「……甘いものが好きなのか？」

「ま、まあ……それなりにね」

モゴモゴとした歯切れの悪い口調で答えた。

それなりというのは嘘だ。

それなりどころではない。

ヒルデガルドはお菓子やケーキといったスイーツが大大大好物だった。

ただ信じられないという表情を向けられ、若干《じゃっかん》バツが悪かった。

さっきまでそういう顔は、ヒルデガルドがアガーテに対して散々してきたものだったので、なおさらだ。

「気に入ったのなら、わたしの分も食べるといい」

「え⁉　いいの⁉」

「ああ」

一瞬、素《す》でよろこんでしまったけれど、ハッと我に返る。

どうしてこんなおいしいものをヒルデガルドにくれようと思ったのか。

もし自分だったら絶対にあげたりなんかしたくない。

「……でもなんでよ。アガーテって甘いもの嫌いなの？」

ヒルデガルドはアガーテの心理が理解できず、警戒しながら尋《たず》ねた。

「嫌いではない。だがおいしそうに食べるヒルデガルドを見ていたら譲りたくなったのだ。さあ遠慮せずに食べろ」

そう言ってアガーテが、ダンプフヌーデルの載《の》ったお皿を差し出してきた。

味わったばかりのバニラの甘い匂《にお》いが、ふわりと香る。

食欲をそそられたヒルデガルドはゴクリと喉《のど》を鳴らした。

「……まあ譲ってくれるって言うなら、もらっておくわ。……ありがと」

最後の一言は消え入りそうなぐらい小さい声になってしまったが、アガーテにはちゃんと聞こえたのだろう。

満足そうに頷き返してくれた。

「ヒルデガルドが食べている間に、わたしは裁断を進めておく」

「ええ、よろしく」

適当に返事をしたヒルデガルドが夢中でダンプフヌーデルを食べていると……。

「む。おかしい。なぜずれるのだ？　……むむ。今度は少々切りすぎたか。……右と左の大きさが合わないな。どういうことだ？」

なんだか不穏な独り言が聞こえてきた。

「ちょっとアガーテ、大丈夫なの……？　って、どうなってんのよそれ!?」

アガーテの手元を覗《のぞ》き込むと、一目で失敗したとわかる生地の残骸が散らばっていた。

「型紙通りに切ったのだが、どうも失敗したようだ」

「見ればわかるわよ！　てかなに!?　これで型紙通りに切ったつもりなの!?」

真顔で頷かれ、また頭が痛くなる。

（不器用すぎでしょ……!?）

ヒルデガルドの中にあった完璧なアガーテ像が、今日一日過ごしただけで、どんどん崩壊していく。

「不思議だ。なぜ失敗するのだろう？」

「ちゃんと型紙を押さえていないからでしょ！」

「やっているぞ」

「ほら、もう動いてるじゃない！」

「むっ」

「下手《へた》くそね！　その生地、使えるところなくなっちゃったじゃないの！　ちょっと貸してみなさいよ！」

アガーテの手から生地を取り上げ、今度はヒルデガルドが裁断を行う。

ヒルデガルドの手つきはアガーテのそれとは比べものにならないぐらい器用だったし、何より手芸に慣れていた。

「ほぉ。すごいなヒルデガルド」

ぴったりと隣に寄り添い、ヒルデガルドの作業を眺めていたアガーテは、感心したように呟いた。

褒《ほ》められたヒルデガルドの頬が微かに赤くなる。

胸の辺りがくすぐったくなるような気持ちも覚えた。

認められると気分がいい。

しかも相手はあのアガーテだ。

ヒルデガルドはつい得意になった。

「まあ見てなさい」

さっきまでやる気がなかったことも忘れて、ものすごい勢いで裁断を行っていく。

「おおっ」

アガーテが感心するほど、ヒルデガルドは調子に乗った。

「ふははははっ！　わたしの手にかかればこのとおりよ！」

まるで悪役のような高笑いを上げながら、ジョキジョキジョキと裁《た》ちばさみを動かす。

――そして十五分。

ヒルデガルドは驚異的なスピードで、すべての生地を裁断し終えたのだった。

「ハァハァ……。さあっ……アガーテ！　わたしの実力を思い知ったかしら⁉」

必死に作業をしていたせいで額《ひたい》には汗が浮いている。

それを拭《ぬぐ》いつつアガーテを振り返ると、目を真ん丸にした彼女の姿があった。

「うむ……。驚いた……。わたしには到底真似できない。ヒルデガルドはすごいな」

「……！」

素直に褒められ、心臓がドキッとなった。

アガーテは至近距離からヒルデガルドの手元を覗き込んでいたため、ふたりの距離は吐息《といき》がかかるほど近い。

アガーテの瞳はとても澄んでいて、真《ま》っ直《す》ぐにヒルデガルドを射貫《いぬ》いた。

その目で見つめられると、なぜなのか視線を逸《そ》らすことができない。

顔が燃えるように熱くなっていくのを感じる。

（照れている顔なんて見られたくない……！）

ヒルデガルドは意を決するように息を吸うと、尻尾を巻く獣《けもの》のような動きで、アガーテに背中を向けた。

恥ずかしい。

それに胸の奥が、こそばゆい。

（もうやだ……。なに調子に乗ってるのよ、わたしったら……！）

羞恥心《しゅうちしん》のおかげで、一瞬冷静になったものの……。

「もしや裁断以外も、このようにこなせるのか？」

アガーテに尋ねられた直後、考えるより先に口が動いていた。

「当たり前でしょ！　もう一度そこでしっかり見てなさい！」

ヒルデガルドが、がむしゃらに頑張ったおかげで、その日の作業はかなり順調に進んだのだった。

◇　◇　◇

それからふたりは毎日、アガーテの部屋で仮装衣装作りに取り組んだ。

衣装はもう完成間近だ。

もちろん魔術訓練も、今までどおり連日行っている。

そのためヒルデガルドは放課後のほとんどの時間を、アガーテとともに過ごすことになった。

(同級生とこんなに長い時間、一緒にいるのなんて初めてだわ……。……でもこれじゃ、本当の友達みたいじゃない)

ヒルデガルドは複雑な気持ちで小さくため息を吐いた。

「ヒルデガルド、どうした?」

「な、なんでもないわ! それより仮縫いができたから試しに着てみてよ。寸法が合ってるか確認したいの」

「ああ、わかった」

ヒルデガルドが差し出した衣装を手に、アガーテが部屋を出ていこうとする。

「何やってるの? ここで着替えればいいじゃない」

「……? 着替えは人前で行うものではないだろう」

「いちいち部屋を出ていって、着替えて戻ってきて、寸法チェックが終わったらまた部屋を出て、ってめんどくさいわよ! 別に女同士なんだから、ここで着替えればいいでしょ」

ヒルデガルドはアガーテの腕を摑むと、グイッと引っ張り、室内に連れ戻した。

「やれやれ。おまえは気が短いな」

呆《あき》れ気味に呟《つぶや》いたアガーテだったが、部屋を出ていくのはやめてヒルデガルドの傍《そば》へと戻ってきた。

どうやらこの場で着替えてくれるらしい。

「さあ、ほら。早くして」

「そう急《せ》かすな」

アガーテはヒルデガルドに背を向けると、制服のスカートを穿《は》いたままの状態で仮装用の下体衣《ブリーチズ》に足を通した。

そのままもぞもぞと動いて下体衣をしっかり穿き終えてから、スカートをするすると脱ぐ。

これなら下着姿にならずに着替えることができる。

だから女生徒たちはよくこの方法で着替えを行うのだが……。

「ちょっとアガーテ⁉」

「今度はなんだ？」

「同性同士なのに、なんでそんなに徹底的に隠すのよ⁉」

「性別は関係ないだろう。下着姿は見苦しいものだから隠すのは当然だ」

「お嬢様ってメイドの前で素っ裸になったりするんじゃないの？」

「おまえはメイドではなく友達だ」

「……」

「なぜそこで頰を染めるのだ？」

「はっ⁉　そ、染めてないわよ！」

「いいや。確実に赤くなった。ほらまた。耳まで真っ赤になっているぞ」

「うるさいわね！　いちいち指摘しないでってば」

喚《わめ》きながら自分の両耳を覆《おお》う。

そんなことをしても顔が真っ赤なのだから意味はないのだけれど、いまのヒルデガルドは冷静な判断ができないほど動揺していた。

「ふっ。取り乱しすぎだろう」

口元に手を当てたアガーテが、からかうように瞳を細める。

こんなふうな表情をするアガーテなんて、今まで一度も見たことがなかった。

「ヒルデガルドは面白いな。ふふふっ」

こんな笑顔も知らない。

（なんでそんな楽しそうに笑うのよ……）

おかげでまた心臓の辺りがドキドキしてしまったではないか。

（なによ、なんなのよ……！）

アガーテに振り回されているみたいで悔しい。

同じくらいアガーテの気持ちも引っ掻き回してやりたい。

（そうだ！　いいことを思いついたわ……！　ふふふ、わたしをからかったことを後悔させてあげるんだから！）

悪だくみをひらめいたヒルデガルドは、ニヤニヤ笑いながらアガーテへ詰め寄っていった。

「友達だっていうのなら、なおさら隠すことないじゃない」

アガーテの隣に並んで彼女の腕に手を添える。

ピクリとアガーテの肩が動いたのを見て、ヒルデガルドは気をよくした。

もっと意識させてやりたい。

ヒルデガルドは口角を吊り上げると、優雅な猫のような仕草でアガーテに寄り添った。

さっきまで真っ赤な顔でアワアワしていたヒルデガルドの姿はもうない。

開き直ったことで、ヒルデガルドの純情な部分は心の奥のほうに追いやられてしまったのだ。

いま表に出てきているのは、図太いほうのヒルデガルドだ。

「そうは言っても見て気分のいいものではないだろう？」

「そんなことないわよ。わたし、見てみたいもの。アガーテの下着姿」

「な……」

信じられないというようにアガーテが目を見開いた。

アガーテが動揺すればするほどヒルデガルドはワクワクした。

たしかにちょっと変なことを言っている自覚はあるけれど、それはそれ。

とにかくアガーテを追い詰められれば何でもいい。

「ねえ、いいじゃない。見せてよ」

「お、おまえはな、ななな何を言っている……」

ヒクリと頬を引きつらせたアガーテが後退《あとじさ》る。

ヒルデガルドはその分また距離を詰めた。

（ふふふふふ！　もっと……もっと！　さっきのわたしぐらい、赤い顔にしてあげるわ！）

「ねえ、アガーテ。あなたは興味ないの？　他の子の体がどのぐらい成長しているかとか。自分と見比べてみたくならない？」

「それは……」

アガーテが口ごもる。

色白のその頬が心なしか赤くなった気がした。

（へえ、面白い……。アガーテみたいな子も他の子の体に興味あったのね）

ヒルデガルドはしめしめと思い、自分の唇をぺろりと舐《な》めた。

ふたりとも多感な年頃だ。

いつの間にか丸みを帯びた体。

知らぬ間に膨《ふく》らみはじめた胸。

その形や大きさを他の誰かと比べることは、得体《えたい》のしれない何かに生まれ変わっていく自分を安心させるために必要な行動だった。

自分だけじゃない。

みんなこの気持ちの悪い成長を遂《と》げて少女の先にあるモノへ、いつか完全に羽化するのだ。

「ほら、わたしのも見せてあげるから」

甘い誘惑《ゆうわく》のように囁《ささや》くと、アガーテの喉《のど》がコクリと動いた。

アガーテと違ってヒルデガルドのほうは、同性の前で下着姿になることにまったく抵抗がない。

下着どころか裸にだって平気でなれる。

だから今もガバッとシャツを脱ごうとしたのだけれど……。

「や、やめろ！」

「わっ⁉」

叫んだアガーテが、必死な形相《ぎょうそう》で止めに入ってくる。

その勢いを受け止めきれず、ヒルデガルドはアガーテとともに絨毯《じゅうたん》の上へと倒れ込んだ。

「……痛たた……。もうアガーテ、何するのよ……」

「すまない。怪我《けが》はないか？」

絨毯の上に両手をついて自分の体を支えたアガーテが、心配しながらヒルデガルドの顔を覗《のぞ》き込んでくる。

「それは大丈夫だけど……」

「ならよかった。だがヒルデガルド、自分を安売りするのはやめておけ」

「は……？」

「以前から思っていたのだが、おまえはあまり自分自身を大切にしていないだろう？　魔術訓練のときも、倒れるほどボロボロになるまで続けたがったり、なりふり構わないようなところがある」

「……！」

突然そんな言葉を伝えられて、すぐには返事ができなかった。

まるでいつもちゃんとヒルデガルドを見ていたみたいな、そんなセリフだったから、わけがわからなくなってしまった。

「なによ……。知ったふうなこと言わないでよ……」

「今だってそうだ。そんなに安易に下着姿をさらすものではない」

「あのね言っておくけど、安売りってそういうときに使う言葉じゃないから」

「む。そうなのか？」

「そうよ！　わたしが身売りしようとしたみたいになっちゃってるじゃない!?」

そうヒルデガルドが叫んだ直後――。

バンッ！

蹴破るかのような勢いで、アガーテの部屋の扉が開かれた。

（な、なに!?）

ぎょっとして顔を上げると……。

扉の前に立っていたのはチームメイトであるノーマとブリギッテだった。

「おまえたち、どうした？」

「どうしたじゃありませんよ、アガーテさま。毎日ヒルデガルドとふたりきりで、いちゃいちゃなさって！　ひどいじゃないですわ！」

「はぁ？　言いがかりはやめてくれる、ノーマ。だいたい、いちゃいちゃって……いつわたしたちがそんなことしたのよ」

ヒルデガルドが文句を言うと、ノーマは半目になって睨《にら》んできた。

「自分たちがいまどんな体勢でいるか、わかっていらっしゃいます？」

（体勢……？）

「……って、ああっ⁉」

指摘されて初めて気づいた。

ヒルデガルドとアガーテはまだ転倒した時のまま、折り重なるようにして絨毯の上に転がっていたのだ。

しかもヒルデガルドはシャツをはだけさせている。

これではまるでアガーテに押し倒されているみたいだ。

アガーテも同じことを思ったのだろう。

ハッと目を見開いたあと、急いでヒルデガルドの上からどいた。

慌《あわ》てふためくふたりの様子を見て、ノーマはますます鼻白んだようだ。

「なんですの、そのラブコメ的な反応は。ここ数日、絶対おふたりで色んなことを楽しんでましたよね。ずるいです……。うらやましすぎますわ……。わたしだってアガーテさまと気持ちいいことといっぱいしたいのに……。……ああ、想像しただけで体が熱くなってきました……はあはぁ……」

「おい変態ノーマ、どいてろ」

グイッとノーマを押しのけて、アイアンメイデンを引きずったブリギッテが一歩前に出てくる。

アイアンメイデンの中に入っているのはチームメイトの残るひとり、イザベラだ。

「言っとくけど不満に思ってるのはノーマだけじゃない。オレ様とイザベラだって納得していないんだぜ」

『ふしゅ～～～』

アイアンメイデンの中から、イザベラの頷くような息遣《いきづか》いが聞こえてきた。

「おまえら秘密の特訓をしてやがったんだろ？　チームのリーダー格ふたりがコソコソ隠れて。情けねぇよな。超だっせえし。――ほら、これ以上バカにされたくなかったら、さっさとどんな特訓してたのか白状しやがれ」

『ふしゅふしゅ～～～』

汚い言葉で罵《ののし》って相手を挑発し、本音を引き出そうとするのがブリギッテの手だ。

どうやらブリギッテは、本気でヒルデガルドたちのやっていたことを突き止めようとしているらしい。

しかもそれにイザベラまで同調している。

ヒルデガルドたちのチームはこれまで個人主義を尊重してやってきた。

お互いに干渉《かんしょう》し合わず、プレイベートに踏み込むこともない。

だからこんなこと初めてだった。

（ノーマの妄想《もうそう》はいつものことだとしても……。秘密の特訓って……）

ヒルデガルドは思わずアガーテと顔を見合わせてしまった。

いったいなんでこんな誤解をされたのだろう。

「……なに言ってんのよ。わたしたちは謝肉祭《カーネヴァル》用の仮装衣装を作るために会ってるって話したでしょ」

困惑《こんわく》しながらそう伝えたが、ノーマとブリギッテの表情はむっつりしたままだ。

「そんな言葉でオレ様たちが納得すると思ってんのかよ！」

「おふたりとも毎日、放課後が待ちきれないという態度でしたもの」

「仮装衣装作りをしているだけだったら、そんなに楽しみにするわけねえだろ！」

「……！」

ノーマとブリギッテの言葉を聞いて、ヒルデガルドは息を呑んだ。

（放課後を楽しみにしているように見えた……？　わたしやアガーテが……？）

はっきり言って信じられなかった。

だってアガーテと過ごす放課後を楽しみだと思ったことなど一度もない。

……はずだ。

でも本当にそうだろうか。

（最初の頃はたしかに面倒だって思っていた……。けど今は……）

アガーテはヒルデガルドの裁縫の腕を褒《ほ》めてくれる。

（その言葉を聞くたびに認められている気がして、うれしくなって……）

なっていた。

そう、いつの間にか仮装衣装を作ることも、アガーテの部屋にやってくることも苦ではなく

（それどころか……わたしはたしかにその時間を楽しんでいたわ……）

「……」

ヒルデガルドの頬がカアッと熱くなっていく。

本末転倒もいいところだ。

その事実にまったく気づいていなかったことも恥ずかしい。

（どうしよう……。かっこ悪い……。なんとか誤魔化《ごまか》さないと……でもどうやって……⁉）

ヒルデガルドが混乱してオロオロしていると、不意にアガーテが口を開いた。

「仮装衣装を作っていたのは事実だ。おまえたちには信じられないかもしれないが、ヒルデガルドとふたりで作業をしているだけで、わたしはとても楽しかった」

「アガーテさま……」

「秘密にしていることなど何もない。ブリギッテ、イザベラ、それなら問題ないだろう」

「う……。まあな……」

『ふしゅ……』

「ではこれで解決だな。――せっかく訪ねてきたのだ。茶菓子を用意させるから、おまえたちもゆっくりしていくといい」

さっきまでの勢いはどこへやら。

ノーマとブリギッテはモジモジしながら、ソファに腰を下ろした。

イザベラなど敵に勝利した直後のように、ガタガタとアイアンメイデンを揺らしてよろこんでいる。

結局なんだかんだ言って、みんなアガーテの言葉に弱い。

（これがリーダーの器《うつわ》ってやつなのかしら）

とにかくアガーテが説明してくれたおかげで、動揺していることや、真っ赤になった顔を他のメンバーに悟られずに済んだ。

ヒルデガルドは心の中でアガーテに感謝しながら、脱ぎかけていたシャツのボタンを留《と》め直したのだった。

◇　◇　◇

それから五人は大騒ぎをしながらケーキを食べたり、お茶を飲んだり……。

チームのメンバーが帰る頃には、すっかり辺りは暗くなっていた。

「結局、仕上げはできなかったわね」

屋敷の門の前で、ノーマたちが帰っていった方角を見つめながらヒルデガルドが呟く。

アガーテも同じ方向を見つめたまま頷いた。

「だが、もうすぐ完成しそうなんだろう？」

「そうね。あと一日ってところかしら。謝肉祭は明後日だし、なんとか間に合いそうね」

「ヒルデガルドのおかげだな」

アガーテは改まったようにヒルデガルドに向き直ると、頭を深々と下げた。

「ありがとう。心から感謝している」

突然の行動に戸惑う。

アガーテのこういう真面目さは苦手だ。

どうしたらいいのかわからなくなるから。

「正直に言うと、ヒルデガルドがまさかここまでしっかり付き合ってくれるとは思っていなかった」

「……え？　どういう意味よ？」

「魔術訓練を真面目に行わせるため、友達になると提案したのだろう？」

「……！」

アガーテはなんでもないことのように言ってきたが、ヒルデガルドは驚きすぎて息が止まりそうになった。

（うそ……）

「……わかっていたの？」

（わたしの嘘を……）

アガーテがじっと見つめてくる。

「そこまで間抜けではない」

ヒルデガルドはギクリと肩を揺らした。

責められるのだと思った。

(どうしよう……。完全にバレてる……)

嫌な汗が背中を流れていくのを感じた。

それでもヒルデガルドは、アガーテから視線を逸らせなかった。

俯《うつむ》いたら負けな気がしたのだ。

自分が悪いのはもちろんわかっている。

でもヒルデガルドの中にあるプライドが邪魔をして、謝ることができない。

「ヒルデガルドに尋《たず》ねたいことがある」

「な、何よ……」

「友達のふりをするだけなのに、どうして衣装作りにまで手を貸してくれた?」

アガーテは相変わらず無表情なままだ。

何を考えているのかわかりづらい。

ただ怒っているようには見えなくて、ヒルデガルドは戸惑った。

(いったいどういうつもりなの……)

わからない。

けれどさすがにもう嘘をついて言い逃れることは難しいだろう。

ヒルデガルドはため息を吐くと、ぶっきらぼうな口調で自分の胸の内を伝えた。

「そんなの楽しかったからに決まってるじゃない。他にどんな理由があるっていうのよ」

「ヒルデガルド……」

アガーテの瞳が揺れるのを見て、驚いているのだとわかった。

「むかつくわね、その反応。そんな意外？」

「いや……。まあ、そうだな。意外だった」

「ふん……。わたしだって自分で自分が信じられないけど、事実なんだから仕方ないじゃない」

開き直って睨みつけても、アガーテは惚《ほう》けた顔のまま、全然責めてこない。

無茶苦茶だけれど、ヒルデガルドはそのことにたいしてむしゃくしゃしてきた。

怒ればいいのに。

そうしてくれたほうがずっと気が楽だ。

「あなた、わたしに騙《だま》されていたのよ。そのことに関して文句はないの⁉」

喚《わめ》くヒルデガルドを見て、アガーテは不思議そうに小首を傾げた。

「別に文句はない。わかっていて騙されていたのだから、わたしも同罪だろう」

「なによその理屈……」

「とにかくわたしは怒っていない。この話はこれで終わりだ。それより他にもっと訊《き》きたかったことがあるのだ」

「訊きたかったこと？」

アガーテはヒルデガルドを見つめたまま、首を縦《たて》に振った。

「ヒルデガルド、おまえがわたしと友人になるふりをしてまで、魔術訓練を真剣に行わせたかったのはなぜだ？」

「そんなのヘクセンナハトで優勝するために決まってるじゃない」

「なぜ優勝したい？」

「……」

ヒルデガルドは眉根を寄せたまま黙り込んだ。

別に願いを隠しているわけじゃない。

ただそれはヒルデガルドにとって、とてもデリケートな問題だった。

心の奥深くの大事な場所と繋《つな》がっている願望だということもある。

しかも願いを明かすことは、生《お》い立ちをさらすことにもなるのだ。

これまでの人生を決して恥じてなどいない。

ただどうしても、口にするのには勇気がいった。

心が痛むのもわかっている。

そうまでして、傷ついてまで、アガーテにすべてを打ち明けろと……？

ヒルデガルドはアガーテの目の前まで歩み寄ると、探るように彼女の瞳を覗き込んだ。

「なんで知りたいの？　理由を聞かせて」

アガーテはまったく怯《ひる》まなかった。

「おまえがわたしをどう思っているかはわからない。だがわたしはあの日、おまえが友達になろうと言ってくれてからずっと、おまえのことを友達だと思ってきた」

「……」

「友達と思っている相手のことを知りたいと望むのはおかしいか？」

「知ったところで何になるのよ……」

「何になるかはまだわからない。わたしにはこれまでひとりとして、友達などいたことがないからな」

「それって結構恥ずかしいことだと思うけど、アガーテって平気で口にするわよね……」

呆れ交じりで突っ込んだら、不思議そうに瞬《まばた》きをされた。

「友達がいないのは寂《さび》しく感じるが、いったい何が恥なのだ？　そんな不完全な部分も含めてわたしだ。別に恥じ入る必要などないだろう」

「あなたってメンタル強いのね……」

ヒルデガルドはなんだかだんだん面白くなってきて、クスクスと笑いだした。

「……ぷっ！　あははっ！　なによこの間の抜けた会話！」

声を上げて笑うヒルデガルドを、アガーテはしばらく無表情で眺めていたが、そのうちにほんの少しだけ表情を和《やわ》らげた。

「はぁ……笑った……」

こんなに大笑いをしたのは、久しぶりかもしれない。

すうっと大きく息を吸うと、心地良い夜風の甘い匂いがした。

「ねえ、アガーテ。……わたし、幼い頃に家族と離れ離れになってるのよ」

自然と言葉が口をついて出てきた。

それだけ話すとあとはスラスラと。

どうして躊躇《ためら》っていたのかわからなくなるぐらい、言葉は次々溢《あふ》れ出してきた。

「ドイツ校がヘクセンナハトで活躍できそうな子供をスカウトして、幼い頃から訓練を授けているのは知ってるでしょ」

「ああ」

「『スカウト』って言えば響きはいいけど、あれって子供を買い取って躾《しつけ》するってことなのよ」

「なんだと……？」

「あなたの家のように裕福なら相応の教育を与えられる。でも貧乏な家じゃそうはいかないわ。せっかく強大な魔力を持って生まれても、能力を磨かなければ宝の持ち腐れ。そうして大事な才能の芽が枯れることをドイツ校は防ぎたかったんでしょうね」

アガーテは言葉を探すように視線を彷徨《さまよ》わせた。

けれど、結局、唇を噛みしめて黙り込んだ。

「わたしのずば抜けた魔力に周囲が気づいたのは三歳の時。その頃、うちの家はめちゃくちゃ貧乏だったから、ドイツ校から渡される謝礼金を断ることはできなかった」

「……」

「わたしは躾を与える魔女のもとへ送り届けられた。『ヘクセンナハトに勝利すれば、また家族とともに暮らせる。だからがんばって魔法を覚えるのよ』魔女は毎晩、わたしの髪を梳《と》かしながら、そう囁《ささや》きかけてきたわ」

ヒルデガルドはしっかりと顔を上げて、深く息を吸った。

魔女は呪文のように、何度も何度もその言葉を繰り返した。

『ヘクセンナハトに勝利すれば望みは叶《かな》う』と。

たとえお金と引き換《か》えにされたって、ヒルデガルドは家族を愛し続けている。

「わたしの願いは家族ともう一度一緒に暮らすこと」

それは両親の手を離れ、魔女に差し出された日からずっと変わらない。ヒルデガルドにとってただひとつの願いだ。

「わたしは絶対あの日々を取り戻してみせる。そのためになんとしてでもヘクセンナハトで勝利したいのよ」

すべて打ち明けたからだろうか。

なんだかとても晴れ晴れとした気持ちになった。

すっきりとした気持ちで、改めてアガーテの顔を見ると……。

(え……!?)

アガーテは目をグルグルと回して、見たことがないぐらい困り果てていた。

「あ……う……あああ、あのだな……」

（うわ……。動揺しすぎなのが嫌ってほど伝わってくるわ……）

ヒルデガルドは思わず少し笑ってしまった。

おかしかったのではない。

ただ珍しく動揺しているアガーテにたいして、親しみを感じたら自然と頬が緩《ゆる》んだのだった。

「アガーテ。別に無理してコメントしてくれなくていいから」

動揺しまくっている姿を見ていられなくてそう伝えると、アガーテの眉が下がった。

「すまない。なんて言ったらいいのかわからなかった」

「知ってる。だから何も言わなくていいってば」

「おまえからしたら、わたしの立場はとても恵まれているように見えるだろう。だがヘクセンナハトで勝ちたいと思う気持ちは、おまえと変わらない」

「やる気がないのかって疑ってたわ」

「そんなことはない」

「わかってる。疑ってたのは過去のことよ。正直リーダーの座を奪ってやろうかとも思った。でもあれからずっと魔術訓練を真剣に行っているし。なによりノーマたち三人はあなたを慕《した》ってる。わたしじゃあんなキャラの濃い連中まとめられないもの。向き合うのすらめんどうだし」

ヒルデガルドは目を細めて口角を吊り上げると、ポンッと軽くアガーテの肩を叩《たた》いた。

「わたしは絶対にヘクセンナハトで勝ちたい。アガーテも同じ気持ちでしょう？」

「ああ、もちろん。ヘクセンナハトで勝利を摑むのは我らがドイツだ」

お互いの心が通じるのを確かに感じた。

ふたりの願いは確かに重なり合っている。

ヒルデガルドとアガーテは視線を合わせると、力強く頷き合ったのだった。

◇◇◇

そして二日後。

ついに謝肉祭《カーネヴァル》当日がやってきた。

ヒルデガルドが魔女の家を出ると、すでに街中が祭りのよろこびで活気に満ちていた。

仮装をしてビール瓶《びん》を手にした人々が、「アラーフ！」と声を掛け合っている。

アラーフとは謝肉祭を祝う挨拶《あいさつ》の言葉。

ヒルデガルドは通学路を歩きながら、その言葉を何度となく耳にした。

（こんな朝早くからすでに酔っぱらっているなんて、この街の大人たちも仕方がないわね……）

毎度のことなので見慣れてはいるが、やれやれと思う。

祭りの日だけは厳格なドイツ人たちも皆、羽目を外す。

寒い冬の間に溜《た》めこんだ鬱憤《うっぷん》を晴らすかのように、笑い、踊り、浮かれるのだ。

「ヒルデガルド」

学校へ続く並木道に差し掛かった時、不意に名前を呼ばれた。

振り返ると通りの向こうに停められた高級車から、大荷物を手にしたアガーテが降りてくるところだった。

膨《ふく》れ上がったふたつの紙袋に入っているのは、ふたりぶんの仮装衣装だ。

車で通学しているから自分が持っていくとアガーテが申し出たのだけれど、途中で降りてしまったら意味がない。

「ひとつ貸して」

「いや、これは責任を持ってわたしが……」

ブツブツ言っているアガーテの手から、紙袋をひとつ奪い取る。

「自分の分ぐらい自分で持つわよ」

「そうか。……うむ」

納得したらしく頷《うなず》いたアガーテの口元が微《かす》かに緩《ゆる》む。

「なによ、ニヤニヤして」

「いや。おまえもわたしと一緒にパーティーに参加するのだなと改めて思ったのだ」

「それがそんなにうれしいの？」

にやりと笑ってアガーテの顔を覗《のぞ》き込む。

「当たり前だろう。友人と仮装パーティーに参加することは、わたしにとって長年の憧《あこが》れだったのだからな」

怪訝《けげん》そうな顔で宣言されて、ドキッとなった。

(もう……。こっちがからかうつもりだったのに)

「あっそう」

ぶっきらぼうに返事をしたのは、もちろん照れ隠しのためだ。

◇◇◇

ところがその日の午後、予期せぬ事態が起きた。

「たったいま、街の郊外にある墓地でシミが大量発生したとの報告が入りました。これからすぐ駆除に向かうのでしたくをしなさい！」

いつもどおり訓練場で魔術訓練を行っていたヒルデガルドたちは、駆け込んできた教官の言葉を聞き、目を見開いた。

もうすぐ魔術訓練の時間は終わる。

そのまま着替えを済ませば、仮装パーティーに間に合うはずだったのに……。

ヒルデガルドはちらりと掛け時計を確認した。

(シミが発生したのは街の郊外だと言っていた。どれだけ急いでもパーティーには間に合わないわね……)

「なあ……。別にオレ様たち三人でもどうにかなるし、おまえらは残ったら？」

ブリギッテの言葉に同意するように、イザベラの入ったアイアンメイデンがコクコクと揺れる。

「あら、たまにはブリギッテもいいことを言いますわね」

「うるせーな、ノーマ！　おまえはいつも一言多いんだよ！」

腕を組んで睨《にら》み合っているノーマとブリギッテを眺めながら、ヒルデガルドはかなり驚いていた。

アガーテに心酔《しんすい》しているノーマならまだしも、自己中心的で唯我独尊《ゆいがどくそん》タイプのブリギッテがこんな提案をしてくるなんて。

（まあそれだけみんな、アガーテを見ていたってことよね……）

アガーテがどれだけ仮装パーティーを楽しみにしていたのか。

毎日、傍《そば》にいたチームのメンバーはこれでもかというほど思い知らされていたから。

（それがこんな形でだめになるのは、さすがにかわいそうだわ）

ところが当のアガーテは、あっさりみんなの申し出を拒絶した。

「いいや。その気遣《きづか》いには及ばない」

「アガーテ。どうしてよ。別にそんなに意地を張らなくても……」

そう声をかけると、アガーテがこちらを振り返った。

その表情を見て、ヒルデガルドはハッと息を呑んだ。

「意地ではない。わたしたちにとって何より大事なのは、ドイツ校の代表メンバーであるということだろう。義務を果たしに行くぞ」

無表情で近寄りがたく冷徹なまでに美しい。

ドイツ校の女王の姿がそこにはあった。

(アガーテ……)

仮装パーティーに憧れる少女の心はまったく感じられない。

ヒルデガルドはアガーテがとても強い人間だということを今さらながらに思い出したのだった。

「……わかったわ」

他に言葉を返しようがなかった。

アガーテの言うとおりだ。

わたしたちはドイツ校の代表メンバー。

ただの女子高生ではない。

たったひとつの願いを叶《かな》えるために突き進む。

他のことをすべて犠牲にしても構わないという覚悟、それを持つ者たちなのだ。

ささやかな日常の幸福を諦《あきら》めて、アガーテが訓練場を出ていく。

ヒルデガルドたちもすぐに彼女のあとに続いたのだった。

◇◇◇

ヒルデガルドたちが街の郊外ですべてのシミを退治し終える頃、陽《ひ》は完全に暮れ、頭上には青白く輝く月が姿を現していた。

街のほうからは時折、夜風に乗って謝肉祭の喧騒《けんそう》が聞こえてくる。

断片的に響く陽気なざわめきや音楽は、悪魔の笑い声のようにも思えた。

「アガーテさま、ここで解散ですか?」

ノーマの問いかけにアガーテが首を振る。

「いや一度、魔法学園へ戻る」

「そうね。荷物も置きっぱなしだし」

ヒルデガルドがそう言ってブーフ・ヒュレを解くと、他のメンバーたちも制服姿に戻った。

体が埃《ほこり》っぽくて気持ち悪い。

それにひどく汗もかいた。

自慢の髪もパサパサしていて台無《の》しだ。

汚れていることに加えて疲労が圧し掛かってくるような気がして、重いため息が何度も零《こぼ》れ落ちた。

ヒルデガルドたちは疲れ果てていて、誰も無駄口を叩《たた》く気にはならなかった。

とにかく今日はシミの数が多すぎた。

（もしシミの数が少なかったら……）

そうしたらすぐに駆除を済ませて、魔法学園へ走って帰ることだってできただろう。

少し遅れはしても、ダンスパーティーに参加できたはずだ。

でも現実はこのとおり。

（こんなに疲れて、こんなに汚れていたら、ダンスパーティーに参加しようなんて気にはなれないわよね……）

運命というものは残酷だ。

そう思いながらヒルデガルドは何度目かのため息をついた。

◇　◇　◇

「報告ご苦労様。それでは解散」

担当教官に向かい頭を下げて、ヒルデガルドたちは職員室を後にした。

廊下の窓からは体育館の様子がうかがえる。

煌々《こうこう》と漏《も》れる明かりから、まだダンスパーティーが続いているのだとわかった。

「あの……アガーテさま……」

ノーマが悲しげな顔で何かを言いかけたが、彼女の想いは言葉にはならないまま、静寂《せいじゃく》の中に呑み込まれていった。

代わりに口を開いたのはブリギッテだ。

「オレ様たちは帰るぜ。じゃあな。――また明日」

わざとらしい仕草で伸びをしたブリギッテは、イザベラのアイアンメイデンを引きずると、さっさと背を向けて去っていった。

「ブリギッテったら、『また明日』なんて普段は言わないくせに……」

ヒルデガルドも思ったことを、ノーマがブツブツと呟く。

ものすごく下手《へた》くそだけれど、きっとあれがブリギッテなりにがんばった最大限の気遣いだったのだろう。

「なんだかここ最近のわたしたちって、ちょっと気持ち悪いわよね。ベタベタし過ぎっていうか、距離が近いっていうか……」

ヒルデガルドはそう言って、アガーテとノーマに視線を向けた。

アガーテから返ってきたのは無表情。

ノーマはぽっちゃりとした唇に含み笑いを浮かべて、いやらしく微笑んだ。

「あら、ヒルデガルドさん。そういう付き合い方こそ女子って感じですわよ」

「なに？　どういう意味？」

「いままで女の子同士にしてはサッパリしすぎていて、わたしは物足りなかったんです。今後はもっと百合百合《ゆりゆり》しくお付き合いしていきましょうね」

ノーマは右手をアガーテの腕に、左手をヒルデガルドの腕に絡《から》めて、うれしそうにニコニコと笑った。

「あのねえ、ノーマ！　無邪気ぶっても呼吸が荒くなってるのよ！」

「ええ？　そんなことないですよぉ……はぁはぁ……」

「ほんと変態なんだから！」

体をくねらせて喘《あえ》いでいるノーマを突き放す。

「あんっ。ひどいですわ」

文句を言いながらも、顔が完全にニヤけきっている。

（まったく、とことんドMね……）

ヒルデガルドはドン引きだ。

アガーテは相変わらず無表情のままなので、何を考えているかわからない。

「ノーマもさっさと帰ったら」

「ヒルデガルドさんは帰らないのですか？」

「わたしは荷物を取りに行くのよ。訓練場に置きっぱなしだから」

「それならわたしもともに行こう。ではな、ノーマ」

「またふたりっきりに！」

突然、ものすごい形相《ぎょうそう》で目を見開くから、ぎょっとした。

どうせまたくだらない嫉妬心《しっとしん》を抱いたのだろう。

「……まあでも今日はおおめに見てあげますわ。――それではおふたりとも、ごきげんよう」

（おおめに見るって何よ）

別にふたりきりになるのにノーマの許可なんて必要としていない。

そんなことを思いながら、ヒルデガルドはアガーテとともに訓練場へと向かった。

◇　◇　◇

ヒルデガルドとアガーテが取りに戻ってきた荷物とは、仮装用の衣装が入った紙袋だ。

「せっかく作ってくれたのに、使えなかったな」

「そうね。でもまあ、来年使えばいいんじゃない？」

「わたしたちは卒業しているだろう」

「別に学校のパーティーじゃなくてもいいじゃない。謝肉祭の仮装はドイツ中の人がするんだから」

「そうか。……すまない」

「なんで謝るのよ」

「……」

アガーテは紙袋の前にしゃがみ込んだまま、黙ってしまった。

どうしたらいいのかわからず、ヒルデガルドはアガーテの後ろに立ち尽くしていた。

（放っておいて帰るべき？）

もしかしたらアガーテは独りになりたいのかもしれない。

会話が途絶えたということは、その可能性も十分あった。

ちらりと扉のほうを振り返る。

それからもう一度、アガーテの背中に視線を向ける。

「ハア……」

ため息をついてから、ヒルデガルドはアガーテの隣に座った。

疲れがどっと押し寄せてきて、深い息になり口から零れ落ちた。

でもまだ帰ろうとは思えなかった。

お互い無言のまま。

静かな訓練場の中には、時計の針が進む音がやけに響いている。

この建物は防音構造になっているから、窓を閉めた状態だと外の音は全然聞こえてこない。

(外ではまだパーティーの音楽が流れているのかしら?)

ふとそんな疑問を抱いた。

「……」

ヒルデガルドはふらふらとした足取りで立ち上がり、窓辺に歩み寄っていった。

鍵《かぎ》を開けて、閉ざされていた窓を開くと……。

(あ……)

——音楽。

場違いなほど明るい音楽が、疲れきったふたりを包み込む。

重い静寂を追い払って、どんどん空気が入れ替わっていくのを感じた。

「……ねえ、アガーテ。踊らない？」

「え？」

「パーティーに参加した気分、味わえるわよ」

「だが……」

「いいじゃない。なんなら仮装もする？」

「いや、それはだめだ。せっかくの衣装が汚れてしまう。あれは大事なものだからな」

真顔で首を振られてしまった。

ヒルデガルドのほうは仮装にこだわっているわけではないので、そこはまあいいかと思う。

「じゃあ、ほら。手出して」

しゃがみ込んでいたアガーテの傍まで歩み寄り、手を差し出す。

「……本気か？」

「しつこいわね。ヘトヘトのこのわたしがわざわざ付き合ってあげるって言ってるんだから、はやく手を取りなさいよ」

本当にとても疲れているのに、どうしてそんな提案をしたのか。

ヒルデガルドにもよくわからない。

ただ深く考えるより先に、言葉が口をついて出てしまったのだ。

（だってここには音楽があるし……）

それに踊る相手もいる。

今日は謝肉祭の夜。

アガーテの望みは、友達と一緒にパーティーで踊ること。

完璧ではないけれど、実現させられる。

「踊りましょう、アガーテ」

もう一度、アガーテを誘うと……。

「……ああ。わかった」

ぎこちなく差し出された指が、ヒルデガルドの手の上に重なる。

アガーテのほうが少しだけ体温が高い。

ひんやりとした体をしているのだと勝手に思い込んでいたから少し驚いた。

（こんなに温かい子だったのね……）

お互いに探り探り、音楽に乗せて、そっと足を踏み出す。

ところが……。

「あ！」

どちらも女性のステップを踏んだせいで、ぶつかってしまった。

「ああ、すまない。わたしが男側をやろう」

「いいわ」

気を取り直して、もう一度。

再びステップを踏みはじめる。

ふたりともどこかぎこちなくて、ロボットのようにぎくしゃくした動きになってしまった。

それがおかしくて、お互いにクスクス笑い合う。

「意外だな、ヒルデガルド。ダンスは苦手なのか？」

「金持ちのあなたとは違うのよ！」

つい素《す》で突っ込みを入れてしまったが、嫌味っぽく聞こえただろうか。

ヒルデガルドは謝ることが苦手なので、しどろもどろに言い訳を付け足した。

「金持ちがダンスを習うものなのかは知らないけど！　わたしは学校の授業で教わった程度なんだから。それにしては踊れているほうでしょ」

「なるほど。だったらちゃんとリードしなければまずいな」

ヒルデガルドの腰に手を回したアガーテのステップが、さっきよりもなめらかで大胆《だいたん》なものに変わる。

アガーテに導かれ、ヒルデガルドの動きもスムーズになっていった。

（ダンスって案外楽しいかも……！）

調子に乗ってしまったのがいけなかったのか。

そう思った直後……。

「わっ……」

疲れていたせいだろう。

足をもつれさせたヒルデガルドがバランスを崩す。

「ヒルデガルド！」

アガーテは、ヒルデガルドの腰に添えていた手に力を込めて、抱き留めるようにして支えてくれた。

思わぬ展開で、ふたりの体が密着する。

胸と胸が触れ合って、お互いの速い鼓動《こどう》が、重なるように響き合った。

「ご、ごめんなさい……」

「いや……」

パッと離れたけれど、高鳴る心臓の音はなかなか収まらない。

顔もなんだかとても熱い。

ふざけて下着姿を見せろと迫ったことだってあるのに。

なぜ少し触れただけで、こんなにもドキドキするのか。

ヒルデガルドは自分の気持ちがよくわからなかった。

（どうしよう……。でもこのままじゃ気まずいし……）

何か話題をと思うのに、頭の中が真っ白になってしまう。

ヒルデガルドが困り果てていると、不意にアガーテがぽつりと口を開いた。

「少しだけ座って話さないか？」

「え？」

突然の申し出に、ぱちくりと瞬《まばた》きをする。

「……まあ、別にいいけれど」

「あまり行儀はよくないが……」

アガーテはそう言いながら、訓練場の床の上にぺたりと座り込んだ。

「わたししかいないんだし、お行儀なんて気にしなくていいでしょ」

「ふっ。まあ、そうだな」

シミ退治に向かうことになってから、ほとんど表情の動かなかったアガーテ。

でもこのふたりだけの時間に、少しずつ感情を見せてくれるようになった。

ヒルデガルドはそれに気づいた瞬間、胸の奥が温かくなるのを感じた。

この感情は……。

（うそ、やだ。……わたし、うれしいの？）

そう、この感情は明らかによろこびだった。

ものすごくこそばゆい気持ちになる。

アガーテが何を想っているのかが表情をとおして読み取れる。

たったそれだけのことなのに。

（変なの……）

なんだかおかしくて、少し笑ってしまった。

「どうした？」

そんなヒルデガルドに気づき、アガーテが不思議そうに首を傾げる。

「なんでもないわ」

答えながらも、ヒルデガルドは笑みを浮かべたまま。

それを見ていたアガーテの顔にも、いつしか穏やかな微笑みが宿っていた。

「ヒルデガルド」

「んー？　なあに？」

「ありがとう」

「え⁉　な、なによ突然」

急にお礼を言われて、びっくりした。

アガーテの顔を見れば、彼女は真剣な瞳でヒルデガルドのことを見つめていた。

ヒルデガルドも真面目《まじめ》に対応したほうが良さそうな空気だ。

完全にリラックスしていた体勢を正す。

お互い向き合うように座ると、ちょっと恥ずかしい。

またさっきのドキドキがヒルデガルドの胸に戻ってきた。

（しまった……。適当に聞き流すふりをしているほうが、わたしらしかったかも……）

そんな後悔をしていると……。

「わたしと友達になってくれたこと、本当に感謝している」

「……！」

少し目を細めたアガーテが、そっとヒルデガルドの両手を取った。

指先と指先が触れ合うと、その場所からアガーテの体温が伝わってきた。

ダンスを踊っていたときよりも、心なしか温かい気がする。

「……友達になったふりをしただけだって、見破ったのはアガーテじゃない」

「ああ。でもそのあと本当の友達になれたと思ったんだが。わたしの気のせいだったか？」

「そ、それは……」

「それは？」

くすりと笑ったアガーテが窺《うかが》うように、ヒルデガルドの瞳を覗《のぞ》き込んでくる。

この強気で自信に満ち溢《あふ》れた態度は、戦闘中のアガーテを髣髴《ほうふつ》とさせる。

だからなおさらドキドキした。

戦っているときの天下無双のアガーテは、ヒルデガルドの憧《あこが》れだ。

その憧れがいま目の前で、自分に向かって微笑みかけている。

ヒルデガルドを見つめるアガーテの瞳は、とても熱く真《ま》っ直《す》ぐだ。

なんだか無性《むしょう》に恥ずかしい。

心の奥がもやもやして、叫びだしたいような暴れたいようなそんな感情が湧《わ》き上がってくる。

「ふっ。ヒルデガルド、真っ赤だ」

「アガーテ！　わたしをからかうのはやめてちょうだい！」

真っ赤な顔で抗議すると、アガーテは声を上げて笑いだした。

「まったくもう‼　アガーテってば！」

「ははは。すまない。なんだかツボに入ったようだ……」

「笑いのツボが変よ、あなた！」

「やめろ。真っ赤な顔で文句を言うな。ますます笑えてくる……くくっ」

「ちょっともう……笑い過ぎなのよ……。……ふふっ。わたしにまで移っちゃったじゃない！」

プリプリ怒りながら文句を言っていたはずが、気づいたらヒルデガルドもおなかを抱《かか》えて笑っていた。

（ほんとなにこれ……変なの……）

ベタベタした付き合いなんて、望んでいなかった。

ヒルデガルドが欲しかったのは、勝利を目指してともに突き進める最強のチームメイト。

（……だったはずなんだけれど）

いまこうやってアガーテと笑い合うことが、信じられないぐらい楽しいのも事実だった。

貪欲《どんよく》に力を求めるためには、満たされてはいけない。

それはわかっている。

（明日もまたわたしたちは、強くなるためになりふり構わず戦うわ）

それでも、もうしばらくだけ、このまま……。

ヒルデガルドはアガーテと一緒に、ぬるま湯のような幸せな時間に浸《ひた》っていたかった。

メルヘン・メドヘン
Characters
イギリス校
マーリン
『マザーグース』
アリス
『不思議の国のアリス』
アーサー・ペンドラゴン
『アーサー王伝説(ブリタニア列王史)』
グレーティア
『ジャックと豆の木』
トリスタン
『ロビン・フッド』

第三章

イギリス校「円卓ティータイムは剣と魔法の後で」

著／慶野由志

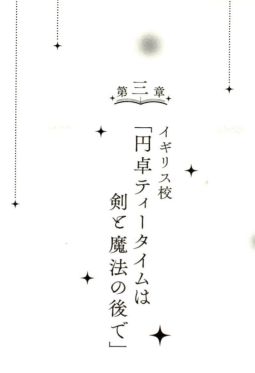

序説　魔法使いは王と邂逅する

私――マーリン・ペンドラゴンにとって、それはいつもと変わらない一日のはずだった。

ランタンの明かりだけが灯《とも》る屋敷の暗い部屋で、私は今日もうずたかく積まれた本の山に囲まれていた。そのジャンルは多岐にわたり、歴史書や数学書に始まって、高度な魔法発動理論や産業的魔法運用論、さらには政治学や帝王学もある。

その全ては、私が修《おさ》めるべき知識だった。ペンドラゴン家の家宝である原書『マザー・グース』を受け継いだ今代の『マーリン』として、必要な知識の一部に過ぎない。

『原書』――それは人々が物語に対して巡らせた想いの結晶にして、魔法を紡《つむ》ぐ力だ。

それは表世界ではまさに御伽話《メルヘン》となってしまった幻想だが、その裏側である魔法世界では『原書』を喰らって災厄《さいやく》と化す〝シミ〟に抗《あらが》う力として、世界の根幹を為していると言ってもいい。

だからこそ、その契約者たる『原書使い』には相応の責任が求められるが、その重さは一律ではない。その格や役割によって、契約者に特別な重責を背負わせる『原書』もある。

「よいか、我が娘。新たなる『マーリン』よ。その名はただの称号でなく、『マザー・グース』はただ魔法を行使するためだけの『原書』ではない。予言にある災厄から世界を守る〝王〟に仕《つか》え、その助けとなるために受け継がれてきた証《あかし》と力だ。……そのことを、決して忘れるな」

　お父様はことあるごとにそう言って、一族の責務を私に説いた。

「はい、お父様。ペンドラゴン家の名に恥じぬように、精進します」

　生まれた時から『マーリン』となる宿命を背負っていた私は、いくつの時もただ壊れたレコードのように同じ言葉を繰り返した。その返事しか、許されていなかった。

　ペンドラゴン家の存在意義とは、代々受け継ぐ〝予言〟にある。いつか来《きた》るべき災厄と、それを阻止《そし》するための聖剣を携《たずさ》えた〝王〟が現れた際に、家宝の原書『マザー・グース』を手にした魔法使《マーリン》いを遣《つか》わして、救世主たる王を補佐せよ、というのがその内容だ。

　けれど、予言の時なんていつ来るかわからない。だからペンドラゴン家は王がいつ現れてもよいように、代々最高の『原書使い』を教育しておこうという発想に至った。

　それが『マーリン』。多大な叡智《えいち》と数多《あまた》の魔法でもって王の補佐となる『原書使い』だ。

　そして、私は今日も受け継いだ責務を果たすべく、ただ知識を深めるだけの一日を過ごす。

　おそらく、この修学の日々は無為に終わるのだと思う。今までの『マーリン』もいずれ来《きた》るその日のために名を継いで、その生涯を叡智の獲得と魔法の研鑽《けんさん》のみに費やした。だが、肝心の王は現れず、長い一生をただこの代々受け継がれる窓のない部屋で過ごしたという。

　だから、私もきっとそうなるのだろうと思う。こみ上げる歓喜に笑うこともなく、抑えられない情動に怒ることもなく、想い叶《かな》わぬ現実に泣くこともなく、ただ一族が誇る『マーリン』の品質を保つために、この暗い部屋でずっと書物に囲まれているのだろう。

親しい友を得ることもなく、世界の広さを知ることもなく、ただこの部屋でずっと――

不意に目が潤《うる》みそうになり、私は軽く頭を振って手元の本に視線を戻した。あってはならない感情が胸に去来しそうになっていた事実を無視し、いつもの一日を再開する。

そこで――ふと家の中が騒がしいことに気付く。いつもは静謐《せいひつ》を保っているこの屋敷らしからぬ様子で、使用人や両親が慌《あわ》てたように「あの方はどこに！」「少し目を離した隙《すき》に！」などと叫んでおり、私の意識はにわかに緊迫した。

「――――っ⁉」

そして気付く。いつの間にか部屋のドアが開いており、そこに人影があることに。見覚えのない誰かは最初からそこにいたように自室の入り口に立ち、物珍しそうに私を見ていた。

「だ、誰ですか⁉　一体何を、して――」

驚きと恐怖で発した声は、その人影の全貌《ぜんぼう》を認めるにつれ、霧散《むさん》していった。

そこには、十歳くらいの少女がいた。

何故《なぜ》か服どころか下着すら身につけておらず、雪のような白い肌が全て露《あらわ》になっている。それについて驚きこそしたものの、はしたないとか、下品だとかいう感想は湧《わ》いてこなかった。

その髪は輝くばかりの黄金。空色の瞳は見ているだけで吸い込まれそうで、矛盾《むじゅん》のない美しさを誇る獅子《しし》や豹《ひょう》と邂逅《かいこう》したような感動があった。

けれど私が彼女から目が離せなくなったのは、それだけが要因ではなかった。

まさしく御伽話《おとぎばなし》の世界から現れたような神秘性、その身に纏《まと》う儚《はかな》くも幻想的な雰囲気が、私を魅了した。それは話に聞く一目惚《ひとめぼ》れのようで、心の全てが奪われるような体験だった。

「あ、あの……その……！」

彼女が何者なのかは知らなかった。何故家の中にいて、何故全裸なのかもわからなかった。けれど、私はとにかく彼女と接触したいと欲《ほっ》した。ひび割れた大地が水を求めるように、ごく自然に私は彼女を求めていた。

「わ、わ、私の名前はマーリンです！　その、えと……あ、あなたの名前を教えてください！」

同年代の友人すらいない私は、何を言えばいいのかわからなくて、けれどどうしても彼女と言葉を交わしたくて、緊張に震える口を必死に動かした。

「……名前というものはない。私は、私」

予想以上に涼やかな声で、少女は言葉を返してきた。ただそれだけで、私は多幸感に満たされて、胸がいっぱいになる。彼女の存在が、心の内に広がっていく。

「けれど、それは少し前の話。聖剣に選ばれた今の私は、もうただの私じゃない」

そして、黄金の髪を持つ少女はその名前を告げた。これからの私にとっての全てであり、その身を捧《ささ》げるべき主君の名を。

「私の名前は――アーサー」

その名前こそが祝福だった。私の薄暗い世界に、少女は光となって降り立った。

第一節　英国少女たちの足並みは揃わない

「ああ――青空が綺麗ですね。とても気持ちのよい朝です」

魔法学校イギリス校の学生寮にて、片眼鏡《モノクル》をかけた少女――マーリン・ペンドラゴンは廊下の窓から外を望み、魔法世界のイギリスを照らす朝陽《あさひ》の眩《まばゆ》さに目を細めた。

知的かつ魅力的に成長した宿命の後継者に、かつて暗い部屋の中で乾いた表情を浮かべていた頃の面影《おもかげ》はない。彼女が心から敬愛するただ一人の主君と出会ったあの日から、ずっと変わらないはずだったものは全て変わり始め、今はこうして陽光の下で笑みを浮かべている。世界の光に頬を緩《ゆる》め、その温かさを感じ得る心を胸に抱いていた。

目的の部屋まで辿《たど》り着いたマーリンは、扉を開けてここまで押してきた給仕用ワゴンを中に入れる。その上には、まだ温かい朝食が二人分載《の》っていた。

「おはようございます王よ。朝食を持ってまいりましたので、よろしければ一緒に――」

言いかけた言葉は、その部屋の有様を見て尻すぼみに消えていった。

伝統と格式を重んじる英国らしいシックなデザインの室内には、〝巣〟が出来ていた。

床に広がる、葉っぱや丈《たけ》の長い草を集めた野生動物の寝床《ねどこ》。そこにマーリンが王と崇《あが》める少女――アーサー・ペンドラゴンは一糸纏《いっしまと》わぬ姿で丸まっており、すうすうと寝息を立てていた。

十四歳に成長したその少女の美貌《びぼう》は、初めて会った時からさらに磨きがかかっている。黄金の髪も、ミルクを溶かしたような白い肌も、全てが幻想的なまでに美しい。

「王よ……また部屋の中に巣を作って……そしてまた裸で……」

主《あるじ》の奇行にこめかみを押さえつつ、マーリンはドアを閉める。すると物音に反応したのか、アーサーが身じろぎしながら目を覚ます。

「ん……マーリン、おはよう……」

「はい、おはようございます王よ。本日はとてもよい天気ですよ」

寝ぼけ眼《まなこ》の主君に、マーリンは笑顔で挨拶《あいさつ》する。こうして朝にアーサーの顔を見ておはようを交わすのが彼女の習慣であり、一日の活力の源《みなもと》だった。

「しかし王よ。私は部屋の中に巣を作ってはダメだと再三申し上げたはずです。それにまた動物を拾ってきて……もう実家でも引き取りきれませんよ」

苦言を呈《てい》すマーリンの視線の先には、アーサーのベッドがあった。その上には子猿、キツネ、リス、子豚などが揃《そろ》って丸まっており、穏やかに眠っている。どれもアーサーのペットなどではない。おそらく昨夜仲良くなった『友達』だろうとマーリンは見る。

「んぅ……寝床はこのほうが落ち着く。それに、彼らは拾ってきたんじゃない。生きる悩みを聞いてあげたら、勝手についてきた……」

「つまり、昨夜はまた森で動物と戯《たわむ》れていたのですね……」

マイペース極まるアーサーの返事にため息を吐きつつ、マーリンはその辺に転がっていたアーサーのシャツを手に取って、金髪の少女に渡した。出会った当初こそこのような奇行に驚きもしたが、さすがに四年も一緒にいるとある程度の慣れが生じてくる。

そもそもアーサーは普通の尺度で測れる存在ではない。ペンドラゴン家の予言にある大いなる災厄《さいやく》を防ぐために現れた運命の王。〝聖剣〟の異名で知られる原書『ブリタニア列王史』の契約者であり、妖精と人間のハーフでもある。

四年前にペンドラゴン家が発見するまで、彼女は十年もの間、森の中で動物と一緒に暮らしていたのだ。そのため余人にはない神秘性を纏い、その思考や行動は万人の想像を超える。

長く一緒に暮らしたアーサーの最大の理解者であり、戸籍上は彼女の姉であるマーリンでも、主君の内面を全て知っているとは言いがたい。

「まあ、それはさておき朝食の支度ができました。本日は王の好きなフランスパンと厚切りベーコンのサンドイッチです」

「うん、匂《にお》いでわかる。やっぱり肉は大きいほうが食べ応《ごた》えがあっていい」

テーブルを囲んだ英国少女二人は、いつもの二人っきりの朝食を始めた。裸の上にシャツのみを羽織ったアーサーは、早速とばかりに長いサンドイッチを両手で摑んでリスのように齧《かじ》り、美味《おい》しそうに口を動かす。

そんな彼女を微笑ましく見守るマーリンだったが、時折、「王よ、口元が汚れています」と身を乗りだしてアーサーの口元を濡れ布巾《ふきん》で優しく拭《ぬぐ》っていた。アーサーも「ん……」とごく

自然にそれを受け入れており、その様は、本当の姉妹のように絆《きずな》あるものだった。

ふとマーリンは思う。王も私も、かなりこの生活に慣れたものだと。

ペンドラゴン家に引き取られたばかりのアーサーは、言葉こそ話せたものの、人間社会の常識はまったく持っていなかった。服が煩《わずら》わしいと袖《そで》を通すことを拒否したり、屋敷に〝友達〟である獰猛《どうもう》なクマを連れこんだり、昼食代わりに公園の鳩を仕留《しと》めたりしようとした。

そんなアーサーの教育係になったマーリンは、感動的なほどに献身的努力を捧《ささ》げた。

「せめて公衆の面前での脱衣はご自重ください！」「屋敷の中に動物を連れてくるのは禁止です！　廊下でばったりクマに出会って、失神した私の気持ちも慮《おもんばか》ってください！」「狩猟をせずともお食事は用意しますので！　え？　もう狩ってしまったものは解体して食べないといけない？　ってひゃあああぁ⁉　は、鳩の内臓が！　ピンクの腸がでろってぇ！」と、ほぼ毎日アーサーが巻き起こす何かに叫び、必死に自制を懇願《こんがん》するのが日課だった。

左目につけている片眼鏡《モノクル》も視力補正用ではなく、アーサーが何か起こした時にすぐ駆けつけるための道具だ。アーサーの『原書』の魔力を察知して、その位置を特定する機能がある。

その長年の努力の甲斐《かい》あってか、アーサーはある程度の常識を覚え、こうして魔法学園で生活できるまでになっていた。まさに忠誠心の奇跡だと、四年前のアーサーを知る者は感涙《かんるい》する。

（もっとも……大変ではあっても、それを苦とはまったく思いませんでしたが）

マーリンにとってアーサーの世話は面倒ではなく、むしろ誇らしかった。彼女の力になれていることが嬉しく、彼女の傍《そば》にいられるのが幸福だ。

出会いは一目惚《ひとめぼ》れに近かった。女神のような眩《まばゆ》さに心が奪われた。だけど、今はそれだけじゃない。そのどこまでも自由な精神で、ただ己《おのれ》を殺すことしか知らなかった自分を導いてくれた少女を、心から敬愛している。たとえ彼女が予言にある王でなくても、手にしている聖剣を失ってただの少女になったとしても、自分はずっと彼女の傍《かたわ》らに在《あ》り続けるだろう。

そして——王の臣下で在り続けるには、王の役に立たねばならない。とりあえずは現在我々が抱《かか》えている最大の問題を、自分の裁量によって解決してみせなければならないのだ。

「王よ。今日は土曜日で授業はありませんが、これから教室までご足労願います。メンバーを集めて話があります」

難しい顔で告げるマーリンに、アーサーは頷《うなず》いた。

「……そう。ヘクセンナハトのことね」

「ええ、これ以上我々のチームの問題を看過《かんか》できません」

王の前に立ちはだかる難問を打破するための頭脳《ブレーン》。それこそが『マーリン』に定められた役割だ。たとえその問題が、身につけた叡智をもってしても不可解な人間関係であったとしても、逃げるわけにはいかない。

ヘクセンナハト。それは選ばれた七カ国の『原書使い見習い《メドヘン》』たちが一堂に会し、魔法を競い合う大会だ。『原書』を喰らおうとする〝シミ〟に対抗するための世界規模な魔法儀式——

というのが開催の主たる目的であるが、政治的な思惑《おもわく》から、各国の上層部の自国のチームに対する期待も高い。また、優勝チームには〝何でも願いが叶《かな》う魔法〟が与えられるため、これを目的に闘志を燃やすメドヘンも多く、過去のいずれの大会でも熾烈《しれつ》な勝負が繰り広げられている。

そして、その祭典におけるイギリス校の代表こそが、この教室に集まったメンバーだった。

男装を纏《まと》い、好きなものは可愛い女の子と言って憚《はばか》らない中性的な少女――トリスタン。

契約している『原書』は『ロビン・フッド』。

幼くメルヘンな雰囲気を持ち、何よりも可愛さを追求するツインテール少女――アリス。

契約している『原書』は『不思議の国のアリス』。

並の成人男性より背が高く、筋肉質だが女性らしい顔つきの少女――グレーティア。

契約している『原書』は『ジャックと豆の木』。

彼女たちの存在は、最近のマーリンの悩みのタネだった。いずれも高い実力を持ったメドヘンであり、戦力としては申し分ないのだが、三人とも個性が強くて扱いが難しい。

「さて、本日集まってもらったのは他でもありません。我々のチームの連携《れんけい》のなさについてです。こうまでバラバラでは、本戦の強力なライバルたちに遅れをとるのは明白です」

教壇に立ち、マーリンは険《けわ》しい顔でチームの問題点を指摘する。

「なので、私は合同訓練の実施を提案します。お互いの力量や特徴を正確に理解し、どういった時にどう動くのかを把握し合って、チームとしての力を高めるのです」

それはごく当たり前の提案だった。集団戦であるヘクセンナハトに備え、チームメイトの特徴を理解し、連携を磨くのは基本にして最重要だ。さらに、苦しい訓練をともにすれば、自然と心の距離も近くなり、チームが円滑《えんかつ》に機能し始めることも期待できる。

「えー、わざわざ人を呼びつけてそんな提案ー？　めんどいからパスパス！」

「な……！　アリス！　めんどいとはなんです！」

生真面目《きまじめ》に告げた提案をあっさりと撥《は》ねつけられ、マーリンは心外とばかりに声を上げる。

提案に異を唱えた少女――アリスこそ、最もマーリンが苦手とするメンバーだった。その幼い外見と甘いお菓子のような愛らしさに似合わず、彼女は他人と馴《な》れ合おうとしない。

「だってさぁ、うちのチームってメンバー一人一人が強いよぉ？　その辺の雑魚《ざこ》メドヘンくらいなら楽勝だし、実際予選でも全然苦戦しなかったもーん」

それは確かにマーリンも認めるところだった。この三人の実力はかなりのものだ。

メンバー不足が深刻で、二線級のメドヘンで欠員を補うという噂《うわさ》の日本校などに比べれば、イギリス校の戦力は本当に充実している。

「それにアーサーがいるんだから、相手のエースだって楽勝だってば！　まだ実際見ていないけど、傷が治っちゃう鞘《さや》があるんでしょ？　なら最悪アーサーが抑えている間に、あたしたちが雑魚を掃除してから、孤立したエースをボコって終わりだよ♪」

「何を言うのですか！　我が王を囮《おとり》にするなんて……言語道断です！」

「あーもーうるさいなぁ。あんたにとっては王サマなのかもしれないけどぉ。あたしにとってはただの不思議ちゃんだもーん」

「……っ！」

予想してはいたが、どうにも思い通りにいかない展開にマーリンは歯がみした。

結局のところ、このチームはまだアーサーを認めていない。彼女がチームリーダーであることに異論を唱えるわけでもないし、最強の『原書』とも言われる〝聖剣〟の力も疑ってはいないのだろうが、アーサーの存在をさほど重く見ていない。悪く言えば、舐《な》めているのだ。

「ま、ボクはアリスほど楽観しちゃいないけど、合同訓練をする意味は疑問だね」

「トリスタン！　あなたまで！」

貴公子然とした男装に身を包む少女――トリスタンもまたアリスに同調し、マーリンは苛立《いらだ》たしげに声を上げた。女子生徒をナンパしてばかりのこの少女は、委員長気質のマーリンとは普段から相性が悪い。

「はは、そんなに怒ったら可愛い顔が台なしだよマーリン。……と、睨《にら》まれる前にボクの意見を言うと、無理に連携するとかえって危険だってことさ。このチームはまとまっているとは言いがたい。なら小手先の連携を磨くより、個人で戦ったほうがお互いの邪魔にならないよ」

「まとまりのなさを補うための合同訓練です！　スポーツでも一緒に練習をして、チームの連帯感を高め、呼吸を合わせていくものでしょう！」

「けどこれはスポーツじゃない。一人一人がまったく違った魔法を駆使する戦いだ。連携した方が強いと言い切れない要素がある分、無理な同調は諸手《もろて》を上げて賛成できないかな」

「そーそー、まあ心配しなくてもいいってばマーリン。試合になったら真面目に戦うから♪」

マーリンの必死の反論を軽くいなし、トリスタンは席を立った。アリスも話は終わったとばかりにそれに続き、二人は教室の入り口へと足を向ける。

「二人とも！　話はまだ……！」

引き留めようとするマーリンの声に構わず、二人の少女は教室からさっさと出ていってしまった。そして、マーリンの目はさっきから一言も発していない大柄《おおがら》な少女へ向く。

「グレーティア……あなたもあの二人と同じ考えですか？」

マーリンにとって、トリスタンとアリスは苦手であると結論が出ている相手だが、グレーティアがどういう人間なのかは、いまだに摑みかねていた。普段は寡黙《かもく》で自分を語らず、暇《ひま》さえあれば自己鍛錬《たんれん》に打ち込んでいることくらいしか知らない。努力家なのは尊敬できるが、性格が摑めない相手というのは感情が読めず、どうにも警戒してしまう。

「……私は、合同訓練を行うことに異を唱えるつもりはない」

「じゃあ……！」

予想外の色よい返事に、マーリンの顔が喜色に染まる。が、そんな片眼鏡《モノクル》の少女を制するようにグレーティアは言葉を重ねた。

「だが、無条件に我が斧《おの》を預ける訳にはいかぬ。私は貴殿の王が剣を抜き、その威光を示す時を待つ。それまでこの回らぬ頭での発言は控えよう。……では、御免」

「それはどういう……え、ちょっ、待ってください……！」

やや古めかしい言い回しでそう告げたグレーティアは、ちらりとアーサーに視線をやったかと思うと、背を向けて教室から去った。

そして、その場には他のメンバーに逃げられて肩を落とすマーリンと、最後まで口を開かずに佇《たたず》んでいたアーサーだけが残る。

「王よ……申し訳ありません。私の力不足です……」

掲《かか》げた提案に一人も同調させられなかったという結果に、マーリンは自《みずか》らを嘆《なげ》くような声を漏《も》らした。少女の胸の内は、王の前で醜態《しゅうたい》を晒《さら》したと、情けなさでいっぱいになっていた。

（王は何も言わずに私に任《まか》せてくれたというのに……この有様とは……）

バラバラのチームに対し、アーサーはこれまで統率を取ろうとはしてこなかった。王はただ佇むのみで、ヘクセンナハト予選における試合でも、実力を見せつけることはなかった。

そのことを、マーリンは自分への信任と受け止めた。知識で王を導く参謀《さんぼう》役として、彼女らの心をまとめる策を講じよ――そういう下命であると信じ、今日の提案に至ったわけなのだが、結果はこの有様だった。幼い頃からの英才教育により、あらゆる知識を身につけているマーリンだったが、チームのまとめ方などはまったく知らない。いかに叡智《えいち》の魔法使いの名を継ごうと、こういう時には、自分がただの小娘だと否《いや》が応《おう》でも自覚させられる。

「気にしないでいい。群れをまとめるのは難しい」

アーサーは慰《なぐさ》めてくれるが、それでもマーリンの気は晴れない。

「いざとなったら、私がなんとかする。私は、一人で戦っても負けない」

マーリンへの気遣《きづか》いか、ただの揺るぎない自信か、事もなげにそう告げたアーサーは、一足先に教室から去った。そうして、がらんとした教室に、マーリン一人だけが残される。

マーリンは思う。アーサー一人で戦って勝つ——それは可能だろう。アーサーは契約している『原書』の格、本人の能力ともに最強と言える。メドヘンどころか魔法学校を卒業した『原書使い』でも、アーサーに対抗できる使い手がどれほどいるか疑問なほどだ。

だが……それでは自分がいる意味がない。全ての重責を主君一人に背負わせてしまっては、何のための臣下なのか。

(気にするなとおっしゃっても気に病《や》みます王よ……)

敬愛する王の役に立てず、マーリンは悲しさと惨《みじ》めさに泣きそうになる。昔は——アーサーと出会ったばかりのころは、今のような気分になることはなかった。けれど身体が大人に成長するにつれて、ため息をつくことが増えた。それは決まって、自分の無力を痛感したり、アーサーの考えがわからなかったりする時だ。

自分にとってアーサーは今も昔も不可欠な存在だ。彼女がいなくなるなんて考えられない。

(けれど……私は貴女《あなた》にとって必要な人間なんでしょうかアーサー……)

胸中の憂《うれ》いと疑問に答えを見つけられないまま、マーリンは切なげなため息をついた。

「ふう、まったくマーリンは堅物《かたぶつ》だね。まあ、ああいう真面目で責任感の強いところはとても素敵だし、片眼鏡《モノクル》をかけた女の子っていうのもなかなかチャーミングだけどさ」

トリスタンは、イギリス校の広大な敷地の一角にある森の中を悠然《ゆうぜん》と歩きながら呟《つぶや》いた。

貴公子のような雰囲気を持つこの男装少女は女の子が大好きであり、学園においてはしばしば女生徒たちに甘い言葉を囁《ささや》いている。その王子的なルックスや立ち居振る舞いは多感な年頃の少女には劇薬であり、メロメロに骨抜きにされてしまった生徒は一人や二人ではない。

そのため、マーリンのような生真面目系女子にはタラシ王子扱いされてしまっているのはトリスタンも知っているが、可愛い女の子を前にしたら勝手に口が誘い文句を謳《うた》ってしまうのだから仕方がない。そもそも、レディに愛を囁かない人生なんて何の価値があるのだろうか？

「それに――なにも女の子を口説《くど》いてばかりいるわけじゃないしね」

トリスタンはすぅと表情を冷たい水面《みなも》のように引き締め、「ブーフ・ヒュレ」と小さく呟く。

契約者の意志に応じ、原書『ロビン・フッド』が展開してトリスタンを彩《いろど》る戦《いくさ》衣装となり、さらにその手には、『原書』から生じた魔法の一部である弓と矢が出現していた。

ナンパ王子ではなく狩人《かりゅうど》の顔になったトリスタンは、そのまま矢を一息に三連射。

放った矢は三本。射《い》貫《ぬ》かれて四散した木の葉も三枚。自分が狙《ねら》った目標全てに同じタイミングで命中したことにトリスタンは満足気に頷き、ブーフ・ヒュレを解除した。

「心配しなくてもいいさマーリン。こう見えても鍛錬は積んでいるんだ。君たちレディを危険には晒さないし、勝利の矢はボクが放つ。それが――ボクの〝道〟だから」

〝道〟――そのことを口にすると、トリスタンの胸に僅《わず》かな痛みが走った。自分が目指すもの、父親から正統に受け継ぐと信じて、けれど自分には無理だと知ったもの。

だが、ヘクセンナハトで優勝すればそれも無理ではなくなる。自分は生まれ変わるのだ。自分がなりたいのは、杖《つえ》を持つ魔法使いではなく剣を振るう——

「んぅ……トリスタン？」

自分の思考に埋没《まいぼつ》していたトリスタンは、天から降ってきた眠たげな声に驚き、視線を頭上へと向けた。自分が背にしている木の樹上に何かいる。太い枝に猫のように身を委《ゆだ》ねているあれは……人？　長い金髪で青い目の——

「あ、アーサー？　何でそんなところに？」

「元からいた。ここは、んぅ……私の昼寝場所の一つだから」

言葉のとおり樹上で寝ていたのか、眠たげな声でアーサーが応えた。その様子はいつもの彼女のとおり至極《しごく》マイペースであり、生真面目からはほど遠いと自認するトリスタン（主《おも》にナンパ関係で）でも、彼女の奔放《ほんぽう》さにはいつも驚くしかない。

「……って、アーサー！　また服を着てないじゃないか！」

「服は煩わしい。何も着ないのが一番」

そう言って惜しげもなく白い肢体《したい》を晒すアーサーは、靴下さえ履《は》いてない完全な全裸だ。

だがその姿に品を損《そこ》なうような要素はなく、天然自然から生まれた芸術作品と評すべき神秘的な美しさだけがあった。樹上に腰掛ける半妖精の少女と、静かにざわめく森との調和。それにもはや至高の絵画のようであり、トリスタンはその幻想的な美しさに目を奪われる。

「が、眼福《がんぷく》ではあるけど何か羽織ってくれ！　レディが軽々しく肌を晒すものじゃない！」

「なら、トリスタンも脱げばいい。それで問題ない」

「どういう理屈だい!?　いいからほら！　降りてきてこれでも着てくれ！」

ナンパ王子ではあるが紳士を自称する男装少女の要請《ようせい》に応え、アーサーはしぶしぶといった様子で樹上からトリスタンのもとへ降り立ち、彼女が着ていた上着を受け取った。

「まったく……思わぬ先制パンチで口説き文句が出てこなかったよ」

いそいそと上着を羽織るアーサーに、トリスタンはため息混じりに言った。

「そういえば……今日はキミニココロウバワレタとか、アイヲササゲヨウとか言わないの？」

「ボクのことをそういう鳴き声の生き物みたいに言うのはやめてくれるかい……？」

これまでトリスタンはアーサーの幻想的な美しさに魅了されて何度も口説いているのだが、アーサーは不思議そうな表情を見せるのみで、まともに受け止めているのかは不明だ。

そもそも半妖精であるアーサーが人間世界をどのように捉《とら》え、どういう感情を抱いているのかは余人にはわかりがたい。おそらく、あの忠臣であるマーリンですら同じだろう。

「君は本当にミステリアスというか、フリーダムというか……かの『ブリタニア列王史』と契約したメドヘンと聞いた時は、アーサー王やその配下の英雄たちみたいに勇ましい子を想像していたけど……少し予想外だったね」

「ブリ……？　ああ、〝聖剣《かし》〟のこと」

アーサーは少し首を傾げ、すぐに得心《とくしん》がいったように頷いた。『ブリタニア列王史』は作中に出てくるアーサー王の剣になぞらえて〝聖剣〟とも呼ばれる。それはトリスタンも知っていたが、自分の『原書』のタイトルをすぐに理解できなかったアーサーの反応には、ちょっと引っかかるものがあった。

「アーサー。君まさか……自分の『原書』をあんまり読んでないんじゃ……？」

「あんまりじゃなくて、そもそも読んだことがない」

「…………は？」

アーサーの言葉の意味するところを摑めず、トリスタンは困惑《こんわく》した。

『原書』は読み込んで理解を深めるごとに、契約者との一体化が進む仕組みになっている。これによってより強力な魔法に目覚めたりもするため、自分の『原書』を繙《ひもと》かないメドヘンなんて存在しないと言っていい。

「けれど、物語の内容は全部わかる。契約の時に聖剣が教えてくれたから」

「教えてくれたって……『原書』がかい……？」

それは『原書』の常識からすればありえないことだった。『原書』が自律《じりつ》的に行動するのは、自身が契約するに相応《ふさわ》しい人間を察知して、その人物のもとへ現れる時のみだ。そこに秘められた力は契約者が解放していくものであり、『原書』側から物語の全てを明かす——すなわち全ての力を委《ゆだ》ねてくるなんて聞いたことがない。

「なるほど……さすが〝聖剣〟だ。君と同じで常識にあてはまらないということか」

トリスタンに感心と呆《あき》れが混じった表情で言った。『原書』との一体化に苦労している多くのメドヘンからすれば「ずるい！」と言いたくなる規格外っぷりだ。例えるなら、勉強せずとも教科書が勝手に一から十まで知識を授けてきたりするようなものだろうか。

「しかし、その『ブリタニア列王史』がそこまで特別なのは……やっぱりそれがイギリスにとって特別な伝説だからなんだろうね」

トリスタンは目を細めて、ふっと呟くように言った。普段ノリが軽いナンパ王子には珍しく、その表情は何かの感慨《かんがい》を含んでいるかのように、微《かす》かに哀愁《あいしゅう》を帯びている。

「『原書』の格は知名度や読者数──つまりどれだけ『愛されて』きたかによって決まる。今や世界的に有名になったアーサー王伝説だけど、〝聖剣〟と呼ばれるまでになったその力の根本は、イギリスという国が寄せた強い想いの証《あかし》だ。君には……それを理解していてほしいな」

「それは、わかってる」

アーサーが発したその声に、トリスタンは目を丸くした。先ほどまでのやや緩《ゆる》やかな調子ではなく、粛然《しゅくぜん》と響く重い声。手にした力の責務を知る者の声だった。

「この『原書』は人の幻想と願いが混じった本。希望という名の聖剣」

いつの間にか、アーサーの手には一冊の本が出現していた。その古めかしくも厳《おごそ》かな装丁《そうてい》の『原書』──『ブリタニア列王史』はアーサーの声に呼応《こおう》するかのように輝きを増し、溢《あふ》れ出る神々《こうごう》しさと威圧感が、〝聖剣〟ここに在《あ》りと森の草木を震わせる。

「だから契約者に選ばれた私は、災厄《さいやく》と悲しみを断つ。その務めは、私のもの」

『原書』を手に宣誓するように言葉を紡《つむ》ぐアーサーには、有無《うむ》を言わせぬカリスマがあった。

彼女を構成する神秘性が、まるでアーサー王伝説にある王の威光を再現したかのように、覇気《はき》を放って場の空気を変えていく。

「……でも、とりあえず今はお腹《なか》が減ってきた。後で何か獲物を狩ってこないと」

「落差が激しいところも掴みづらいな君は……」

『原書』を消し、普段の不思議な言動に戻ったアーサーに対し、トリスタンは目の前の少女への理解が一段遠くなったような近くなったような、奇妙な感覚を抱《いだ》いた。とにかくこの自由少女は理解の型にはめるのが難しく、だからこそより知りたいと思わせる魅力がある。

「まあ、君がその『原書』を重く受け止めていることがわかって良かったよ」

「……トリスタンは、この『原書』が気になるの？」

「うん……正直かなり気になっていたかな。アーサー王伝説は実家で結構読んでたし、それは国民的な英雄譚《たん》で……騎士物語の代表格だからね」

『ブリタニア列王史』はアーサー王伝説の名で通るイギリスの幻想史書だ。アーサーという王が名だたる騎士たちをまとめ、あらゆる困難を踏破《とうは》していく有名な物語。

現代に至るまであらゆる作家によってエピソードと設定を追加され、今や世界でも著名な騎士物語となり、アーサー王は騎士道を体現する九偉人の一人に数えられる。

「騎士……ああ、あの内輪もめとか不倫がどうとかで大変なテーブルの人たち」

「はは、アーサー王伝説の円卓の騎士はドラマ性重視だから、そういうエピソードが多いよね。でもアーサー王の凄《すご》すぎる偉業とか清廉潔白《せいれんけっぱく》さとか、王と騎士に対しての作者の思い入れはなかなか強かったんだと思うよ」

トリスタンは楽しげに笑って応じる。なお、円卓の騎士もランスロットも後世の後付けであり、『ブリタニア列王史《おうおう》』という原典には載《の》っていない。だが『原書』は人々に『愛された』結晶であるため、往々にして原典に囚《とら》われずに、人々に馴染《なじ》み深い内容となっていたりもする。

「……トリスタンは、騎士が好きなのね」

「え……わかるかい？」

「ええ、騎士という言葉を口にする時、声が少し熱っぽくなって、心が浮き立つ匂《にお》いがした。憧《あこが》れとか好きとか、そういう匂い」

「に、匂い……？」

声音はともかく、さも当然のように匂いで機微《きび》を分析《ぶんせき》するアーサーに、トリスタンは本日何度目かわからない困惑を味わった。心が浮き立つ匂いとは、具体的にどんな匂いなのだろうか。

「まあ……当たりだよ。君は知らないだろうけど、これでもボクの実家は騎士の称号を代々継《けい》承《しょう》している家でね。騎士というものは……ボクにとって理想なんだ」

トリスタンは追憶する。騎士の家に生まれ、騎士に憧れたあのころ。いずれ騎士の家を継ぐのだと信じて疑わず、そんな子どもを両親も使用人たちも微笑ましく見守ってくれていた。

「父もその栄誉に恥じない立派な人で、騎士道を体現して生きている。果敢《かかん》で、弱きを守り、礼節を尽くす……あれこそ騎士で、男の誉《ほま》れだよ。そんな家だからボク自身も、物心ついた時から『将来は騎士になるー！』って木剣でチャンバラの練習をしていたものさ」

愛好するアーティストやアスリートを語る時に誰しもそうであるように、トリスタンの声音はやや無邪気に弾《はず》んでいた。この男装少女が騎士というものに大きな思い入れを抱いていることは、誰が見ても瞭然《りょうぜん》だっただろう。

「そういうわけで、ボクの大切なものはいまだに騎士道なんだよ。だから──本当は君たちのようなレディに危ないことはしてほしくない。婦人を守って戦うのが騎士だからね」

それが、トリスタンが積極的にチームでの連携を練習しようとしなかった理由だった。『自分が守るから皆は下がっていてくれ』なんて言っても実力と誇りを持つ他のメンバーが納得するわけがない。であるならば、自分単独で相手を撃破することを想定して訓練した方が、望む形で勝利できると考えたのだ。

「勝手な考えであるとは思う。けど、ボクは騎士としての振る舞いを捨てきれない。そういう……女だから実家の家督を継げないし、騎士の称号も得られないと知った今でもね」

いつもの軽い調子でトリスタンは言うが、その声音にも表情にも、隠しようがない重苦しさが滲《にじ》んでいた。味わった落胆《らくたん》は今も胸に残っていると、その様が物語っている。

「女の子は、騎士になれないの？」

「ああ、女が家督を継ぐなんてまずないし、そもそもこの魔法世界でも女が騎士道なんてナンセンスだ。さらに言えば、『原書』に選ばれた時点で『原書使い』以外の道なんてないに等しいしね」

『原書使い』に勝る名誉の道なんて魔法世界ではゼロに等しい。だからこそ、トリスタンの実家の者たちは、彼女が『ロビン・フッド』の契約者に選ばれた時は心から祝福した。『原書使い』とはただのエリートではなく、魔法世界の要《かなめ》であり華なのだ。

「……はは、変な話になってしまったけど気にしないでくれ。別に『原書使い』が嫌なわけでもないし、このイギリス校は可愛い子揃いで気に入ってるしね」

努《つと》めて明るく笑ってみせるトリスタンだが、その胸に澱《よど》む暗い想いと悲嘆《ひたん》は、そんな取り繕《つくろ》いで封じられるような生半可《なまはんか》なものではなかった。

――ずっと願っていた。子ども時代に誰しも持つ淡い憧憬《しょうけい》ではなく、今なお心に燻《くすぶ》ってやまない夢。何度も諦《あきら》めようとして、けれど諦めきれなかった。騎士物語を読んで抱いた高鳴りや、それを絵空事ではなく実践《じっせん》して生きている一族への誇りは、年月《としつき》を経《へ》てもまるで薄れない。渇望する。乞《こ》い願う。そういう生き方が許されない悲しみが、いつまでも晴れない。

自分が女だから。男でないから。たったそれだけの理由で全てが否定されるのであれば――、、、、、、、、、、、、、、、、

(女であることをやめる……そう、騎士に相応しい男になればいい)

それこそが、トリスタンの胸に秘めた願い。ヘクセンナハトで優勝した時に与えられる『どんな願いでも叶える魔法』を使って実現しようと決めた願望だった。

きっと、そうすれば全て上手《うま》くいく。女の子でなくなれば『原書使い』は卒業することになるだろうが、自分の願った道を邁進《まいしん》できるようになるならば、それでも構わない。

この願いは、家族にも誰にも語ったことはない。こんな願いを知れば、おそらく父は激怒するだろう。そんなものは自分からの逃げだと言って、激しく叱責《しっせき》するに違いない。

けれど、それでもこの懊悩《おうのう》を晴らすにはこれしかない。『原書使い』にしても騎士にしても、自分が願う道を迷わずに進むことができる者に、この苦しみは理解できないだろう。

いったいどれだけ……自分が悩み悲しんだか……。

「そういえば、前から訊《き》きたかった」

「うわっ⁉　ちかっ、近いよアーサー！　自分の格好を考えてくれ！」

思考に没入していたトリスタンは、いつのまにかアーサーが息のかかりそうなほどに接近していたことに気付いて慌《あわ》てた。

本来であれば女の子好きのトリスタン的にはオーライだったのだが、アーサーが羽織っているのがトリスタンの上着一枚という状態なので、さすがに自重《じちょう》を促《うなが》す。

「トリスタンは、どうして女の子なのに男の子の格好をしてるの？」

アーサーは小首を傾げて、好奇心旺盛な子どもが大人に疑問を発する時のように、無垢《むく》な様子でトリスタンに問いかける。

「え？　それはもちろん、女の子が――」

『女の子が好きだからさ！』――そう軽く答えようとしたトリスタンは、言葉に詰まった。

さきほどまで考えていた『男になりたい』という願望が頭をかすめ、それがトリスタンに普段は考えなかった疑問を投げかける。

女の子に好かれたいから、というのは紛《まぎ》れもなく本心なのだが、本当にそれだけだろうか？　男装の意味は？　男性的に、王子的に振る舞う意味は？　それは単に女の子の気を引くためのスタイルだと、自分自身そう思っていた。けれど……違う。

ああ、そうだ。順序が逆だ。男装をしてみたら女の子に人気が出ただけで、最初、何故《なぜ》自分は男装をしてみようと思ったのか？　単純なファッション？　いや……そうじゃない。

（……違う。そうしたら何か満たされて……やるせなさが薄れたような気がして……）

そこで気付く。そうか……これは補完だ。

自分をボクと称し、男装を凝《こ》らして男性的に振る舞う時、心の安寧《あんねい》があった。女の子である自分を男性的な存在に作り変えていくことで、自分の願望を補っていたのだ。

「……ってアーサー!?　今度は何を……!?」

先ほどと同様に、自分の思考に意識を割いていたトリスタンは、自分の胸にアーサーが鼻先をくっつけていることに気付き、狼狽《ろうばい》した。

しかもアーサーは、クンクンと犬のように男装少女の体臭《たいしゅう》を嗅《か》いでいるのだ。これにはさすがにトリスタンも「や、やめてくれ恥ずかしい！」と慌て、羞恥《しゅうち》に頬を染めた。

そんなトリスタンの抗議を意に介さず、アーサーはひとしきり少女の香りを賞味して顔を離した。その顔は、どこか満足気だった。

「うん、よくわかった」

「わ、わかったって……何がだい？」

頬を紅潮《こうちょう》させ、自分の身体を両手で覆《おお》うという乙女な反応を見せるトリスタンに、アーサーは自分の嗅覚《きゅうかく》で得た情報を告げた。

「ひょっとしたらトリスタンはオスなのかもと思った。けど違った。トリスタンは間違いなく女の子。とっても甘い女の子の香りがした」

「……………………」

アーサーの声は、いつもどおり静かだった。だが、その言葉一つ一つが、トリスタンには矢となって突き刺さる。

先ほど、トリスタンは自分の夢と、その道を女だから断たれたという話をしたばかりだ。であるにもかかわらず、アーサーはトリスタンは女の子であると連呼《れんこ》してくる。

お前は女であり、騎士になれる男ではないと婉曲《えんきょく》に告げられているようで、トリスタンの顔は自然と歪《ゆが》む。だが、アーサーはそれを気にした様子もない。

「うん、いい匂い。全然男の子の猛々しい匂いがしない」

「……っ」

空気、禁句《タブー》。そんなものは存在しないとばかりに、アーサーは実に穏やかな声でトリスタンの心中を責め立てる。トリスタンがどれだけ苦い顔になっても止まらない。

「そんなにも女の子なのに、男の子みたいにしているのがやっぱり不思議」

純粋な面持《おもも》ちで再度疑問を口にするアーサーだが、男装の根源が性転換願望の表れだと気付いた今となっては、トリスタンは苦い顔で沈黙するしかない。

（まさか……全部わかって言ってるのかアーサー……）

トリスタンの中に疑念が持ち上がる。アーサーに己《おのれ》の言動がいかに相手の心中をかき乱しているかわかっていて、あえて禁句《タブー》を何度も口にしているのでは？

いや、それどころか……自分の中にある『騎士に相応しい男になりたい』という願望すら見抜いており、それを嘲《あざけ》るためにこんなにも女の子、女の子と連呼しているのでは？

前者はともかく後者は通常であれば突飛《とっぴ》な疑念だったが、アーサーには動物的な勘《かん》の良さと、匂いによる感情の嗅ぎわけという特技もある。それに加えて今までの自分の発言内容を推理材料にすれば、性転換の願望を見抜くことなんて造作もないことのように思えてくる。

疑心暗鬼《ぎしんあんき》になるトリスタンだったが、この段階まで、男装少女の頭に浮かんだのはあくまで疑念だった。客観的に見ればアーサーの言動は空気を無視するものではあったが、トリスタンを追い詰める意図があるとまでは断定できない。

だが……この後にアーサーが取った行動が、その疑念を一気に加速させることになる。

（……なっ……!?　アーサー……！）

トリスタンの中に男性性はないと何度も語るアーサーは……嗤《わら》っていた。

笑顔というにはあまりに妖《あや》しい微笑み。他者の苦悩を愉悦《ゆえつ》として堪能《たんのう》するような口端《くちは》の歪み。

普段ほとんど表情の変わらないアーサーを知るトリスタンにとって、それは疑念を確信に至らせるに値《あたい》する行為だった。

（ボクを……嗤っているのかアーサー……！）

間違いない。アーサーは自分の願いを見抜いている。その上で、こんなふうに揺さぶりをかけているのだ。どれだけ男になりたいと思っても、女に生まれた事実は消えないのだと告げてきている。自分の性別を捨てるという、ボクの弱さを嘲笑《あざわら》っている……！

あるいは……それは正しいのかもしれない。王道を征《い》くアーサーにとって、自分のような横道に逸《そ》れるような願いを持つ者は嘲笑《ちょうしょう》すべきであり、正道に戻すために叱責《しっせき》の剣を振り下ろす対象なのかもしれない。だが……自分だって多くの月日を悩み、何度も眠れない夜を過ごしたのだ。その上で出した結論を一方的に馬鹿にされて……黙っていられるものか！

「アーサー……！　その侮辱《ぶじょく》、高くつくぞ！」

怒りを瞳に宿らせて、トリスタンは叫んだ。

「？？？……侮辱……？」

突如激昂《とつじょげっこう》のままに叫んだトリスタンに、アーサーは目を瞬《しばたた》かせて困惑を示した。先刻まで普通に話していたはずの男装少女が、なぜそんなふうに感情を害したのかが理解できない。

特に何かした覚えはない。あえて言うなら、さっきからトリスタンがどうにも浮かない顔をしているので、少しでも気を楽にしてあげたいと思って……マーリンの教えを実践したのだ。

『王よ。貴女の美貌と威光は時に相手に威圧感を与えるかもしれません。話している相手の表情が強張《こわば》っていたら、笑ってみてください。笑顔は人の警戒心を解く薬です』

その教えのとおり、アーサーは慣れない表情の変化を実行し、精一杯の笑みを浮かべてみせた。鏡がないので確認はできなかったけれど、友好的な感情のアピールが出来たと思う。

だというのに、トリスタンは突然怒り始めた。まったくわけがわからなかった。

「もう、そういうシラはいい！　君が察しているとおり、ボクがヘクセンナハトで優勝したときに願うことは、『騎士に相応しい男になる』ことだ！　君にしてみれば女々《めめ》しくてくだらない願いかもしれないが……ボクにとっては重要なことなんだ！」

表情が変わらないので外部からはまったく察しようがなかったが、突然の告白に、アーサーは混乱した。そしてそう願う内容もまたアーサーの理解の外にあり、感じたままの言葉が口から零《こぼ》れた。

「男になりたいのが願い……？　トリスタンはそんなにも可愛い女の子なのに？」

「……っ！　あくまで……皮肉るのかい……！」

皮肉るもなにもアーサーにはその怒りの根源が理解できていなかったのだが、トリスタンはアーサーの言葉にさらに怒りを深めたようだった。

「いいだろう……その挑発に乗るよアーサー！　ボクを試しているのか何なのかわからないけれど、ここまでされて我慢できるほどボクはお人好しじゃない……！」

この時――アーサーが狼狽するか混乱するかの表情を見せれば、トリスタンも自分の勘違いに気付いたかもしれない。だが、アーサーは状況を理解できていなかったために言葉を紡げず、いつものように涼しげな表情のままだった。結果、事態は何の歯止めもなく推移《すいい》した。

「決闘だ！　方法も日時もそっちが指定していい！　けれどボクが勝ったらさっきのことは謝罪してもらうからな……！」

トリスタンがアーサーの足元に手袋を投げ、アーサーは不思議そうな顔でそれを拾い上げて、了承《りょうしょう》のサインを示してしまう。

「即答かい……なら後は連絡を待つよ！　いくら君が最強のメドヘンだからってそう簡単にボクに勝てるとは思わないでくれよ……！」

そう言い残して、トリスタンは足早にその場を立ち去り、後に残されたアーサーは、事態の意味不明さにしばし何も出来ずに立ち尽くしていた。

どうしてこうなったのか、何もかも急で全然わからない。トリスタンが何に怒ったのかも特定できず、黄金の王は途方に暮れた。

とりあえず……この手袋どうしよう……？


少女の脳裏に焼き付いているのは、薄汚れたスラムの光景だった。

ゴミがあちこちに散乱した道に、落書きだらけの壁。絶えずどこからか怒号が飛び交い、怪《あや》しげな売人のような連中がたむろしている都市の暗黒面。表世界だろうが魔法世界だろうが必ず存在する人間社会の負の部分だ。

そこで生まれた少女――ジャッキーが物心ついた時には、母親と二人っきりだった。

父親がどういう人なのかを聞いたこともあったが、母の反応からしてロクでもない人物であることは十分に察せた。そもそも母親からして飲んだくれのロクデナシであり、ジャッキーに幼いころから労働に従事しなければならなかった。

いかがわしい仕事や危ない仕事こそ避けられたが、子供なんて端金《はしたがね》で体《てい》よく使われるのが常だ。そもそも児童労働は魔法世界においても犯罪だが、そんなルールが真っ当に通用するのは税金を納めている普通の市民が住む都市だけだ。

ジャッキーの幼少期は、酒臭《さけくさ》い安アパートの一室と、渾沌《こんとん》としたスラムで奴隷のように働いていた記憶がほとんどだ。とにかく追い立てられるように日々を過ごしていた。

そんな中で、ジャッキーはゴミ捨て場で一冊の本を拾った。『不思議の国のアリス』――世界的に有名なタイトルとは知らずに手に入れた本は、ジャッキーを魅了した。

夢の国での不思議な冒険譚《たん》もさることながら、ジャッキーは特に主人公のアリスがお気に入りだった。挿絵《さしえ》の中のアリスは、キュートな青いスカートと白いエプロンを身につけたとても愛らしい少女として描かれており、溢《あふ》れ出る可愛さでジャッキーの心を奪った。

なお、ジャッキーは知らなかったが、『不思議の国のアリス』は時代が経過して世界中に広まるにつれ、その主人公の『アリス』は〝少女の象徴〟〝永遠の少女〟としての観念が根付き、より可愛らしく、少女としての魅力を強調して表現されるケースが増えた。

ジャッキーが手に取った本もその影響を受け、ジャパン・アニメーションに登場できそうなほどに極めてキュートに描かれており、それが幼少のジャッキーにとって憧《あこが》れの偶像《アイドル》となった。

そして、その憧れはジャッキーの心に大きな影響を及ぼすことになる。

ジャッキーは、たまに仕事の用事でスラムの外に出ることがあった。そこで見る世界は、閉《へい》鎖《さ》された都市の暗部で暮らしてきたジャッキーにとって鮮烈だった。

清掃の行き届いた町並みや、髪も身なりも整えられた通行人たち、とても美味《おい》しそうな匂いがするレストラン――その全てが新鮮で見慣れない世界だった。

だがその中でも特別にジャッキーの心に焼き付いたのは、郊外にある魔法学校に所属する『原書使い』の卵――メドヘンたちだった。街で買い物やティータイムに興《きょう》じる彼女たちはジャッキーとそう歳《とし》は違わなかったが、明らかに自分と違う存在なのだと一目でわかった。

魔法世界のエリートであり華である彼女らが羽織る制服は染《し》み一つなく、その肌は瑞々《みずみず》しく輝き、丁寧《ていねい》に手入れしているであろう髪は光沢《こうたく》を帯びていた。

そして、そこにはたくさんの顔がある。笑顔で友達とお喋《しゃべ》りしている生徒、何か悩みを背負って俯《うつむ》いている生徒、お菓子の美味しさに笑顔を浮かべる生徒――その全てが輝いていた。子供のあどけなさと大人への目覚めが混在した時期特有の〝少女〟らしい魅力に満ち溢れていた。

そんな少女たちを見ていたら何故か悲しくなり、ジャッキーは足早にその場を離れた。

その日の夜、宝物の『不思議の国のアリス』を手に、ジャッキーは胸がいっぱいになった。

輝いていた魔法学校の少女たちと比べ、髪はぼさぼさで、服もボロボロなみすぼらしい自分。

憧れのアリスはあんなに可愛くて、世界中から愛されている。けどきっと可愛い主人公《アリス》になる資格があるのはスラムに住んでいる自分じゃなくて、あの魔法学校の少女たちのような存在なんだと考えたら、何もかもが悲しくなって嗚咽《おえつ》が漏《も》れた。

可愛くなりたい。もっとキラキラと輝きたい。どんな女の子よりも可愛い少女に――『アリス』になりたい。あの何もかも持っているメドヘンたちじゃなくて、何も持っていない自分こそ魔法が欲しい。みじめな自分の物語を書き換《か》える奇跡が欲しい……！

その胸中の叫びが未来を動かしたのか、はたまた単なる偶然なのか、それはわからない。だが、事実として、その後ジャッキーは自分の運命の全てを変える魔法に出会う。

その魔法の源となる『原書』は――少女の宝物と同じタイトルを冠していた。


「んふふ……静かな庭園でたくさんのお菓子とアフターヌーンティー……うん。良い感じで少女力が上がってるカナ♪」

広大すぎて森もあれば湖もある魔法学園の一角、草花が整備された庭園で、アリスは機嫌よく湯気薫《かお》る手元のカップを傾けた。

この時間はアリスにとって定例のティータイムだった。自分の固有魔法――『お茶会《マッドティーパーティー》』で出現させた紅茶は今日も春摘み茶葉《ファーストフラッシュ》並みに美味しく、贔屓《ひいき》にしている菓子店『マーチヘア』特製シュークリームはシュー生地《きじ》がふかふかで、カスタードクリームは絶妙なトロトロ具合の逸品《いっぴん》だ。ツインテールを揺らしながらお菓子を堪能《たんのう》するアリスは、今日も女子力ならぬ少女力が上昇したことに満足する。

「合同訓練なんて面倒だしやってられないよーだ。そんなことより、お洋服屋さん、お菓子屋さん、ぬいぐるみ屋さん巡りだよ！　少女力アップには欠かせないもん♪」

アリスが言う〝少女力〟とは、あどけない少女の魅力具合を計る値《あたい》である。アリス曰《いわ》く、可愛いロリータファッションに身を包んだり、モコモコのぬいぐるみを部屋いっぱいに飾ったり、クッキーやキャンディなどの甘くてポップなお菓子を食べると上昇するらしい。

アリスはこの少女力――女の子としての可愛さを極めて重視しており、元から愛らしい顔立ちをしている自分をよりキュートな少女にすることに余念がない。

「さて、それじゃもう一個っと……って、あれ？　なんか少なく……？」

上機嫌でもう一つシュークリームをつまもうとしたアリスだったが、ついさっき見た時より明らかに数が少なくなっていることに気付いて怪訝《けげん》な表情になる。いくらなんでも無意識のうちに自分が食べ過ぎてしまったとは考えがたい。

……ずぞ、ぞぞぞぞ、むしゃっもぐっずぞぞ……

不意に、優雅でメルヘンなお茶会に相応《ふさわ》しくない音が響き、アリスは顔をしかめる。

物凄《ものすさ》まじく雰囲気ブレイカーな異音は、ひどく近くから聞こえている。アリスは困惑《こんわく》気味にお菓子の皿から視線を上げ……目の前に出現した存在に目を瞬《しばた》かせた。

「………ちょっ、ええ……？」

円形のテーブルを挟んだアリスの真正面の席に、下着から靴下まで放り捨てたすっぽんぽんの金髪少女がいた。申し訳程度に肩に引っかけた誰かの上着しか身につけておらず、椅子の座面に屈《かが》んだスタイルで、両手に摑んだシュークリームをむしゃむしゃずぞぞっと口に含んでいる。

黙って制服に身を包んで座っていれば、まさに妖精としか言いようのない美しさを誇る黄金の少女は、気品も優雅さもへったくれもなく、完全に野生化していた。

「アーサー……何やってるのカナ……？」

「狩りで得た恵みを、糧《かて》にしてる」

「か、カリ……？　カテ……？」

口の端にべったりとカスタードクリームをくっつけたアーサーがクールな顔で答えるが、その言葉はアリスにとって、それこそ『不思議の国のアリス』作中における三日月兎《みかづきうさぎ》の戯言《ざれごと》トークばりに意味不明だった。これではまさに惑乱のお茶会《マッドティーパーティー》である。

「つまり、お腹《なか》が減ってたから、テーブルの上に生えていたこれを狩って食べてる」

「生えてないからー！　あたしが並んで買ってきた限定百個のシューだからぁ！」

アーサーの謎の採取理論によって略奪を受けているのだとようやく理解できたアリスは、ハートの女王のタルト泥棒ならぬシュークリーム泥棒を糾弾《きゅうだん》した。

「おまけにその少女力ゼロの食べ方はなんなのぉ!?　シュークリームはかぷっと可愛くかぶりついて食べるものなのぉー！　そんなふうにクリームをずぞぞって吸っちゃダメぇ！」

アリスが出会った中でも最高級の美少女と言えるアーサーが、ポップなお菓子をビーストスタイルでエサにしている事実に耐えられず、少女力を重んじるお茶会の主《あるじ》は叫んだ。

「そう、アリスの獲物《えもの》だったの。それはごめんなさい」

シュークリームが自生しているものでないと理解したらしいアーサーが、謝罪の言葉を口に

する。ただし、いまだに口の中でシューをもぐもぐしている事実と、さほど申し訳なさそうではない冷静な表情のせいで、傍目《はため》からはあんまり反省しているようには見えない。

「むぐ……ごくっ……うん、美味しかった。これはもっと食べたい」

「えー……ちょっと厚かましいよぉアーサー。そもそもこれはあたしの……ひぃ⁉」

ややうざったそうなアリスの言葉は、アーサーの突き出した手にぶら下がっているものに気付くと悲鳴に変わった。ヌメヌメした何かが、少女の手から抜け出そうと暴れている。

「さっき捕まえた新鮮なカエル。代わりにあげるから、内臓を出して丸焼きにするといい」

「ぜっっったいに要《い》らない！　もうシューくらいあげるから、早くそれ捨ててぇぇ！」

優雅なお茶会にあるまじきベトベトの両生類にアリスは悲鳴を上げ、アーサーは「美味しいのに……」とやや不満そうに呟《つぶや》きつつも、カエルをポイっと放って逃がす。

「あーもー……あげるシューはあと一個だけだからね！　ただし前は隠してから！　あたしのお茶会に全裸での参加は認めないもん！　あとカエル触った手も布巾《ふきん》で拭《ふ》いてよね！」

「服は面倒……でもわかった」

アリスの言葉にアーサーは素直にこくんっと頷《うなず》き、手を布巾で拭《ぬぐ》い、肩に引っかけているだけだった上着のボタンを面倒そうに留《と》め、条件はクリアしたとばかりに、さらにもう一つシュークリームを手に取った。相変わらず変化のない表情だが、若干《じゃっかん》嬉しそうにも見える。

「あーもぉ……調子狂っちゃうよぉ……」

呟いて、アリスは嘆息《たんそく》した。本来アリスも自由人であり、どちらかといえば人を煙《けむ》に巻くタイプなのだが、アーサーの奇天烈《きてれつ》ぶりには抗し得ず、すっかりペースを崩されている。

「甘い、美味しい」

アーサーは先ほどのアリスの言葉を聞き入れたのか、かぷっと小さくかぶりついて食べていた。たったそれだけの変化で、先ほどの盗んだ果物を齧《かじ》るお猿さんスタイルから、優雅にお茶会のお菓子を楽しむ高貴な姫君へと、与えるイメージが激変している。

黙って座っていればどんな宝石よりもなお輝かしい天使——それがイギリス校の生徒・教師の一致したアーサー評なのだが、それはアリスも賛同する。その行動や思考回路はともかく、その幻想的なまでの美少女ぶりは認めざるを得ない。

「あたしは他の子とかけっこうどーでもいいけどぉ、アーサーはあたしが唯一《ゆいいつ》認めているほど可愛いんだから、あんまり少女力を減らすようなことしちゃダメだよぉー？」

「ショウジョリョク……」

「そう、少女力は最強の力なんだよ。可愛いは正義で、正義こそ可愛いなの！　最強に可愛くてキラキラした女の子になれれば、世界の主人公になれるんだもん♪」

うっとりとした乙女の表情で、アリスは憧れと夢を語る。その様子は御伽話《おとぎばなし》のお姫様に憧れる子どものように無邪気で純粋だった。

「だから、あたしがヘクセンナハトで優勝した時の願いも当然、『世界で一番可愛い女の子になる』ことだよ！　あたしは誰よりも可愛くなって、誰よりも輝くの！」

特に隠すわけでもなく、アリスは上機嫌で自分の願いを明かす。その瞳に宿る輝きと、弾んだ声音《こわね》から、これこそ最高の願いであると確信していることは明らかだった。

「世界一可愛いメス……つまり、ウナギになりたいの？」

「何をどう理解したらそうなるのぉ!?　というかなんで魚類なのぉー！」

アーサーがアリスの目指す到達点について真顔で訊《き》いてくるが、まさかの人間ですらない認識のズレにアリスは叫んだ。半妖精であるアーサーの美的感覚は、余人には理解しがたい。

「つぶらな目と、くねくねした身体がとても可愛い」

「あんなヘビもどき可愛くないもん！　学食でイールパイ《ウナギ》が出た時とかも、パイ生地から頭がにょきにょきと生えてて目が合って食べにくいし！」

「……可愛いのに」

なおもちょっと不満そうに呟くアーサーを、アリスは黙殺した。彼女の可愛い基準を聞いていたら、本来のキャラではないツッコミを延々と叫ぶハメになると予感したからだった。

「可愛いっていうのはこういうのだもん！　ほらほらとってもキュートでしょ？」

アリスはスマートフォンを取り出し、一枚の画像を表示させてアーサーに見せる。魔法世界でも普及している文明の利器には、青いスカートと白いエプロンを身につけた、世界的に有名な金髪少女の可愛らしいイラストが映っていた。

「これは知っている……『不思議の国のアリス』の女の子」

「そう！　これこそあたしの理想像！　長い歴史の中で〝少女〟の象徴になった女の子！　世界中から認められている主役！　そういう存在に、あたしもなるんだもん！」

アリスは楽しそうに自分の偶像《アイドル》の画像を見せつけ、アーサーはそこに映る〝少女〟の代名詞となったキャラクターと、目の前の少女をじーっと見比べる。

「そう……でも、私は今のアリスでも十分に可愛いと思う」

「ふふっ、当たり前のことだけど、褒《ほ》め言葉はどんどん言っていいよぉアーサー♪　で、どんなところがチャーミングと思ったのかもバンバン言っていいからネ！」

空想の産物のような美少女であるアーサーから可愛さを評価され、アリスは機嫌良く続きを促《うなが》す。褒められること、自分が評価されることに対して少女は喜色を隠さない。

「ウナギまではいかないけど、その二房《ふたふさ》の髪が触角みたいで、ナメクジみたいに可愛い」

「一切合切《いっさいがっさい》可愛くないからぁ！　どうしてあんたの可愛いは全部ヌメヌメなのぉぉ!?」

真顔で言うアーサーに、アリスは反射的に叫んだ。さきほどアーサーの美的センスは異次元にあると悟ったばかりだったのに、ついうっかり『どう可愛いのか言ってみて♪』などと無謀なオーダーを出してしまった自分の迂闊《うかつ》さを呪いたくなる。

「それにしても……アリスはそんなに主人公になりたいの？」

「……もちろんだよ。そんなの当たり前じゃない」

ふとアーサーが不思議そうに呟き、それを聞いたアリスは、僅《わず》かな沈黙の後に肯定《こうてい》した。やや気の抜けたやりとりで弛緩《しかん》していた表情が、冷たさと鋭さを帯びる。

「……森で動物と暮らしていたアーサーが人間世界をどう思っているのか知らないけど……この世の中《ここ》には、主役と端役《はやく》しかいないの。物語の主役に抜擢《ばってき》されて輝く道を歩くか、端役になってどうでもいい存在になるか……どっちかだけ」

何を思い出したのか、言葉尻に微《かす》かな重苦しさを覗《のぞ》かせながら、アリスは続けた。

「端役は何も特別なものを持ってないから端役なの。場合によっては登場人物ですらなくて、大道具、小道具とか背景みたいなものかもね」

そこまで語り、アリスはくすりと笑った。それは〝端役〟の悲惨さを嗤《わら》っているようでもあり——やるせない悲哀を胸に燻《くすぶ》らせているようでもあった。

「端役になっちゃうと、もう膝《ひざ》を抱《かか》えて隅っこでメソメソしてるしかないの。全然光が当たらなくて誰にも見向きもされないで……とにかくみじめでたまらなくなるんだよ」

語るアリスの脳裏には、薄暗くて汚らしいスラムの光景がフラッシュバックする。

掃《は》き溜《だ》めのような場所だった。汚物や安酒の匂いで満ち溢れていて、ゴミとカビの中でいつも眠りについていた。あのころの自分は、端役のランクの中でも最下級だっただろう。世界という物語からすれば、いてもいなくても変わりないどうでもいい存在だ。

陰鬱《いんうつ》さと薄暗さに閉ざされて、自分には永遠に光は当たらないんだと悟らざるを得なかった。

誰しもそうであれば耐えられたかもしれない。世界中の全てが、あんなふうに汚い場所でただ生きるためだけに存在しているのであれば、虚無のまま生きていけた。

けれど、自分は知ってしまった。この世には輝ける存在がある。自分と同じくらいの歳《とし》なのに、愛らしくてキラキラした女の子がいっぱいいることを。自分はどう足掻《あが》いても、『アリス』のような可愛い主人公にはなれないということを。

その悲しさを、どうしようもないやるせなさを……今も克明に覚えている。

「だから主人公を目指すの。お金とか強さとか運とか……飛び抜けた何かがあれば端役に押しこめられずに物語の主役になれる。そして、あたしが選んだのは女の子としての可愛さ！　世界で一番可愛い女の子になれれば、世界の主人公になれるんだよ♪」

アリスは満面の笑みで語りながら、過去の自分に告げる。

髪がぼさぼさで薄汚れたジャッキー。あんたは要《い》らない。

何も持ってなくてみすぼらしいジャッキー。あんたなんていなかった。

『原書』という大きな光を得ても、まだジャッキーは振り切れない。だからもっと可愛くならないと、もっと輝きを増して、誰もが認める主人公にならないと。

「そう……あたしは生まれ変わってアリスになった……もうあの汚い街を這《は》いずり回っていたネズミじゃない……」

自分に言い聞かせるようにそう呟いたアリスは、昂《たか》ぶった感情のせいでつい余計なことまで口にしてしまったことに気付き、ハッと口元を押さえた。

「ネズミ……？」

「……っ、どうでもいいから、そんなこと……！」

アーサーはアリスの言葉を不思議そうに反芻《はんすう》し、それに対してアリスは顔を背《そむ》けて荒らげた声で話を流した。それは現在の話題を忌避《きひ》しているサインであり、大抵の人間はそこで話を終了させるか変えるかするものだが、アーサーはその大抵の人間には当てはまらない。相手の顔色を読んで言葉を選ばない。

「アリスはネズミに興味があるの？　なら私も少しは語れることがある」

アリスの態度をどう判断したのか、アーサーは会話のセオリーを無視してその話題を広げてきた。アリスは当然ネズミの話に興味なんてなかったのだが、そう口にする前にアーサーは勝手に語りだす。

「ネズミは街に多いけれど、森にもたくさんいる。集団だと手強《てごわ》くて、一匹だけだと可愛い。小さくて目がつぶらで、両手で食べ物を持つ姿がいい」

自身と関《かか》わり深い自然と動物の話だからか、いつも口数が多いとは言えないアーサーにしては珍しく、饒舌《じょうぜつ》に語り始める。

「食べても美味しい。茹《ゆ》でて毛を剝《は》いでから、内臓を取って丸焼きにするといい。冬は脂《あぶら》が乗っていて食べ応えがある」

可愛さを語ったかと思うと、一転して生々しい解体と味の話になった。動物を愛《め》でることも食べることも同列に考えているのか、どちらも同じ声のトーンでごく自然に語られる。

「…………」

いつもと比べて多くを語るアーサーとは対照的に、アリスの顔からは緩みが消えて、不協和音を聞かされ続けているような不快感に歪む。

ネズミ。それはアリスにとって思い出したくもないスラムを象徴するような生き物だった。

汚くて卑《いや》しいあいつらが這い回るたびに、ああ、ここは本当にゴミ溜めなんだと自覚させられた。そして、アーサーがその害獣のことを口にするたびに、アリスは否応《いやおう》なく追憶を強《し》いられる。薄汚い格好をした自分、常に飢《う》えていた自分。ゴミ箱を漁《あさ》って腐りかけのものだって口に入れた。それはまさにネズミと形容するに相応しい姿だったからこそ……アリスの心をこの上なくかき乱す。全身にうっすらと汗が滲《にじ》み、呼吸が乱れる。

「ネズミは強い。戦う力は弱いけれど、罠《わな》を学習して近寄らないくらい頭が良くて、木の実でも虫でもなんでも食べる。岩の隙間《すきま》みたいな狭い場所でも生きていけて、もの凄くたくましい」

アーサーは実感がこもった様子で、ネズミの特性と強《したた》かさをさらに語る。普段と違いその声は若干の弾みがあり、ネズミに対して一家言《いっかごん》持っていることが窺《うかが》える。

「………つう……」

そして、連呼《れんこ》される害獣の名前によって、アリスの脳裏にさらなる暗い記憶が蘇《よみがえ》る。なかったことにしたい過去が顔を覗かせる。

自分は、まさに一匹だけの孤独なネズミだった。だれも助けてくれなくて、学も力もお金もなくて、群れることすらできないあまりにも脆弱《ぜいじゃく》な存在でしかなかった。マッチ箱みたいに狭い部屋で眠り、ゴミを漁って生き延びて、いつも生臭《なまぐさ》い異臭《いしゅう》が染《し》みついていて、ネズミと同じく、動くゴミみたいなものだった。

フラッシュバックする記憶は、アリスが辛《かろ》うじて縫い閉じていた傷口を無遠慮にかき回す。蓋《ふた》をした過去が傷口から滲む血となって胸中に溢れる。

（なに……これ……。ちょっと昔を思い出しただけで、こんな……）

それは、アリス自身も認識していなかった不発弾だった。もはや自分とは関係ないと心の奥底に押し込められていた痛みと悲嘆。なかったことにしたいほどの猛毒めいた感情は、消化されることもなくずっとそこに存在しており、ほんの些細《ささい》なきっかけで噴出した。

内臓をハサミでジョキジョキと切られるような痛みが這い回る。胃が逆流するような不快感に支配されて目が眩《くら》む。感情が、全て真っ黒に塗り潰《つぶ》される。

（……痛い、痛い痛い痛い……！　アーサー……あんたが余計なことを言うから……！）

そして、苦痛はそのまま怒りに変わる。自分に追憶を強《し》いり、心の傷を開いて苦悶《くもん》の淵《ふち》に追い込んだ存在を憎々しい目で睨《にら》む。たとえ無自覚だったとしても、到底許容できない。

（いや、違う……無自覚じゃない……）

怒りと苦痛により黒く濁《にご》った意識で、アリスはその結論に至る。

アリスにとって、幼少期から今に至るまで、周囲の人間は常に自分に痛みだけを与える存在だった。だから彼女は他人を信じない。誰かを信じれば、すぐに食い物にされると知るからこそ、人の思惑《おもわく》を悪意ありきで考える。

そんなアリスの思考が、胸に広がる痛みと黒く濁った視点によって大きく加速する。熱病に侵《おか》されたような頭が、黄金の少女が薄ら嗤いを浮かべている様を幻視させる。

（そう、そうだったの。この女最初っから……！）

自分が今味わっている苦痛が全て悪意によるものだという思考に陥《おちい》り、さきほどまで和《なご》やかと言えるムードで話していた〝敵〟は今まさに、口の端を吊り上げているのだと確信する。

「フ……フフッフフフ……」

先刻よりもさらに一層黒い感情に支配されて、アリスは昏《くら》く笑った。

ここに至ってようやくアーサーはアリスの様子を怪訝に思ったようだったが、もはや全て遅い。少女の胸の内には、すでに真っ黒な炎が轟々《ごうごう》と燃え盛っていたのだから。

「そっか……そういうことか。なぁんだ。ケンカを売りに来たならそう言えばいいのに」

アリスがくすくすと笑いながら言うが、その目はまるで笑っていない。

「何もかも知った上で、あたしを嗤いに来たってことだよね？　この薄汚いネズミをさぁ」

アリスは確信していた。アーサーはあたしの過去を全部知っているのだ。

なにせアーサーはイギリスの魔法世界における名家・ペンドラゴン家の養子であり、ヘクセンナハトイギリス代表チームのリーダーだ。メンバーの詳しい情報を得るなんて簡単だろう。

ネズミ、ネズミとしつこく連呼していたのも、それがこちらの過去を刺激する鍵《かぎ》になると察してのことだ。でなければ、普段無愛想なこの女が、ああも饒舌に語り続けるはずがない。

ネズミをやたら褒めていたのも、すべて皮肉だ。『お前はブサイクで、孤独で、頭が悪い薄汚いネズミだ。せいぜい狭いゴミ溜めで、誰かの食い物にされているのがお似合いだ』という悪意を裏返した嫌味にすぎない。

最初から全てを知った上で、何も知らない不思議少女を装《よそお》い、遠回しに自分を追いこむつもりだったのだ。あの澄ました顔の裏では、スラム出身の薄汚い奴だと常に嘲笑《ちょうしょう》していたに違いない。それに気付かずに、馬鹿な話に付き合っていた自分が滑稽《こっけい》すぎて死にたくなる。

思えば、カエルをシュークリームの代わりにプレゼントしようとしたのも、人をナメクジ呼ばわりしたのも、天然ボケを装った揺さぶりだ。この場に現れてから、アーサーはずっとこう言いたかったに違いない。

『お前の過去を知っているぞドブネズミ、薄汚いスラム出身のくせに生意気なんだよ』と。

ああ、言いたいことはわかるよアーサー。あんたは主人公だもんね？　森で動物と暮らしていた半妖精っていう神秘性抜群の出自と、ペンドラゴン家の養子っていう地位、それに加えて最高の美貌と最強の『原書』を持った、世界に愛された主役なんだよね。

だから端役であるあたしが舞台に上がって、生意気を言うのが気に入らないんでしょ？

けれど、知ったことか……！　あんたがどれだけの主役級でも！　あたしが主人公になるための道は、誰にも邪魔させない！

そして……あたしを馬鹿にする奴は、絶対に許さない！　必ず後悔させてやる……！

「いいよ……そのケンカ買ってあげるから。さんざん人をコケにしてくれたお礼に、ぶっ殺して、やるよクソッタレな王サマ……！」

普段の媚《こ》びた口調をかなぐり捨てて、少女は怨嗟《えんさ》とともに言葉を吐き出した。

先ほどのトリスタンに続き、突如《とつじょ》凄まじい怒りを見せたアリスを前に、アーサーは表情を変えないまま内心目を丸くした。こうなった経緯《けいい》がまったく見えてこない。

　アーサーとしては、ただネズミについて語ったという認識だけだった。アーサーはかつてマーリンから『王よ。いきなり猿の毛並みについて聞かされても、余人はついてこれません。人と話をする時は、相手の興味に合わせれば喜ばれます』と注意されたことがある。この忠言は相手の興味とアーサーの知識が噛み合うことがなかったため、ずっと実践できずにいたが、今回はアリスがネズミがどうとか呟いたので、アーサーは自分の守備範囲である動物の話題と相手の興味が重なったと判断し、大いに語ってみせたのだ。

　かつて大自然に身を置いていた者として、あの小さな獣《けもの》について語ることはたくさんあり、つい話に熱が入ってしまったことは確かだった。

　けれど、本当にそれだけのことなのに、アリスがトリスタン以上に烈火の如《ごと》く怒りに打ち震えている理由がわからない。どこの逆鱗《げきりん》にどう触れてしまったのか見当がつかない。

（二人とも、冬眠が明けたばかりのクマみたいに怒りっぽい……）

　どこか呑気《のんき》な感想を抱くアーサーに対し、アリスの怒りはさらにヒートアップしていく。

「ちょっとからかってやるつもりだったのカナ？　それともあんたの腹心《ふくしん》をやってるマーリンの方針を無視するあたしをシメに来たの？　どっちだったとしても……あたしの過去をつついたのは失敗だよぉ？　なにせ、あたしを完全に怒らせたんだからさぁ……！」

　アーサーは己の感覚の中で、彼女特有の光景を見る。

　アリスの感情に同期して、目の前に赤色の絵の具が燃えるように揺らめいていた。炙《あぶ》られているような熱の匂いもする。それは感情の発露《はつろ》。色鮮やかな人の心の情動だった。

綺麗で生命力に溢れる感情の奔流《ほんりゅう》。それは『原書』や魔法の源とも言える、人間が内包する至高の輝きだ。けれど、この色はよくない。これは過ぎれば自分の心をも傷つける、黒を帯びたどろりと熱い赤色だ。これをどうにかするには……。

(……闘争しかない。怒りを力に乗せて放出しないと、この赤色の揺らめきは収まらない)

アーサーはすぐに結論を出した。力によって叩《たた》きのめす。それは大自然における常識であり、初歩のコミュニケーション手段だ。アーサー自身、この方法で数多《あまた》のイノシシやヘラジカ、クマといった野生動物を屈服《くっぷく》……もとい信頼関係を築いてきた。

(……そういえば、トリスタンも決闘とか言ってた。ならまとめて戦ってしまえばいい)

そこまで考えて、ふとマーリンが合同訓練をしたがっていたことを思い出す。今朝の時点ではトリスタンとアリスのやる気のなさで立ち消えになっていたけれど、今の二人なら戦意に満ちている。あれが実現すれば、マーリンの苦労も少しは減るかもしれない。

そう考えると、これはかなり良い案のような気がしてきた。

「明日、マーリンがやりたがってた合同訓練をやる」

「はぁ？　いきなり何を言って……！」

今にも魔法を使おうとしているアリスに対し、アーサーはいつものとおり冷静な様子のまま、手を突き出してそれを制した。

「内容は、私一人対チーム全員。全員で一斉にかかってきてもいいし、一人ずつ来てもいい。

もし誰かが私のブーフ・ヒュレを破ったら、私はその人をボスと認めて服従する」

いきなりの突飛《とっぴ》な提案に、アリスは一瞬虚を突かれた様子だったが、それがアーサーからのケンカの誘いと取ったのか、薄く笑った。

「ふぅーん……あたしだけじゃなくて全員に上下関係を叩き込むつもりなんだ。いいよ、上等だよ、その王サマ気取りの澄ました顔を、恐怖で歪ませてあげるから……！」

言っている意味の半分はわからなかったが、少なくともアリスが了承の意を示したことは理解し、アーサーは事態が単純化されたことに満足した。

「わかった。私もがんばる」

「……っ！　どこまでも馬鹿にして……！」

またしても何か気に障《さわ》ってしまったようで、アリスを取り巻く赤い炎が大きく揺らめいた。

やっぱり、人間の感情はとても強烈で、半妖精の自分とは大きく違う。

しかもそれは格別に難解で、今日のように理解の及ばない部分も多い。

だからこそ、そのエネルギーに見惚《みと》れる。その難解さに惹《ひ》かれる。

人間世界《ここ》に来てからいつも思う。人間は——本当に興味深い。


私の『原書』の名前である『マザー・グース』とは単一の物語の名称ではなく、〝キラキラ星〟〝ロンドン橋落ちた〟〝誰が駒鳥《こまどり》を殺したの？〟などの、英国における童謡全般を指す。

そして英国の童謡とはただの歌ではなく、歴史の事実を刻む記録だったり、子どもに対する戒《いまし》めなどの、過去から未来に対するメッセージを〝伝承〟するという要素が強い。

そんな童謡群の総称をタイトルとする『原書』だからか、その継承者はただひたすらに受け継ぐことを求められた。歴史あるペンドラゴン家の名前、魔法使い《マーリン》の称号、王を補佐するための膨大《ぼうだい》な知識、強力無比な固有魔法『六〇〇の魔法』——その全てを継いで、背負う覚悟を。

予言の王であるアーサーが現れたことにより、ペンドラゴン家は歓喜した。一族の存在意義を果たすときが来たのだと意気を上げ、今代の『マーリン』に対する期待は膨《ふく》れあがった。

そして大人たちは、血走った目で私に様々な言葉を押しつけてくるようになった。

「王が、我らの宿願だった王が現れたのだ！　今までのような研鑽《けんさん》では手緩《てぬる》い！　骨髄《こつずい》まで力に換える覚悟を持て！」「王とともに世界を救え！　それでこそ我がペンドラゴン家の歴史は報《むく》われる！」「お前は一族の悲願を果たす誉《ほま》れを得たのだ！　そのことを心に刻め！」「カビ臭い予言に縋《すが》る一族などと侮辱した連中に、思い知らせてやれ！」

宿命とともに脈々と〝伝承〟されていたらしき鬱屈《うっくつ》した感情は、重圧となって私を苛《さいな》んだ。

それでも私はそれに応えようとした。ずっとそうしてきたのだし、これからもそうしていけるのだと思った。けれど我が王は、そんな私を見てこう言った。

「悲しみの匂い、苦痛の色……これは駄目。マーリンの心が泥みたいに濁ってしまう」

鉄面皮《てつめんぴ》を被《かぶ》り、表にまったく出していなかったはずの感情を、王はあっさりと見抜いた。

「苦しみを吐き出してマーリン。膿《うみ》は中身を出さないと腐ってしまうから」

そしてアーサーは母猫が子猫にそうするように私に寄り添い、自分の頰を私の頰に擦《す》りつけた。そのすべすべとした肌の感触に、私はあっさりと決壊した。

たったそれだけで長年被ってきた宿命の後継者の仮面は砕け、凡人かつただの小娘である私の顔を晒した。誰も与えてくれなかった温《ぬく》もりと優しさにぼろぼろと泣きだし、その身にのしかかるあらゆるものが苦しいのだと全て語ってしまったのだ。

「そんなに苦しいなら、全部やめればいい」

話を聞き終えたアーサーは、あっけらかんとした様子でそう言った。家も宿命も『原書』も何もかも捨てて身一つになればいいと、ごく当たり前のように。

「森へ行けばいい。あそこでは何もマーリンを苦しめない。獲物の狩り方も、寝床《ねどこ》の作り方も、全部私が教える。私は、マーリンを助けたい」

私は知っていた。常識に囚《とら》われないアーサーだったが、自分に課せられた王の宿命も、『マーリン』の意味も彼女はよく理解していることを。その上で、彼女はこんなことを言う。私の宿命なんてただの選択肢であり、運命でもなんでもないのだと、本気で思っている。

そんなことは小さなことだと言わんばかりの、泰然《たいぜん》とした自由な魂を持ち、『マーリン』ではなく、戸籍上の姉になったばかりの私個人をこんなにも想ってくれている。

その時、どれだけ私の心が打ち震えたか、言語として表すことができない。初めての邂逅《かいこう》から彼女に魅了されていた私は、完全に心がアーサーに染まった。どれだけの重責、どれだけの困難があろうと、彼女にずっと仕《つか》えようと思えた。忠誠と幸福がイコールで結ばれた。

その後、私は王の申し出を丁重に断ったが、もう重圧に心を軋《きし》ませることはなかった。まさしく魔法のように胸に宿った誇らしい炎により、私は変わった。王のためだと思えば、いかなる困難でも立ち向かっていける確信を得た。世界の全てが、恐るるに足らなくなったのだ。

それだけでもう王からの恩寵《おんちょう》は十分だったのだけど、王はさらなる威光を示された。

アーサーは私について回るようになった。そして、一族の誇りや悲願が云々《うんぬん》と語る大人たちが現れると、私を庇《かば》うように前へ進み出た。

彼女は何を言うわけでもなく、ただ静謐《せいひつ》な表情のまま大人たちを一瞥《いちべつ》する。だが、その時にアーサーから発せられた空気は尋常《じんじょう》ではなかった。飢えた獅子《しし》の眼前に引きずり出されたような、呼吸を止めてしまいかねない威圧感。僅《わず》か十歳かそこらの幼い少女の青い瞳に呑まれ、胆力《たんりょく》がある相手には慣れているはずの名家の大人たちは、何も言えなくなってしまった。

それ以後も、王は同じような形でカリスマを示し、予言と一族の歴史を拠《よ》り所としていた大人たちは、次第にアーサー個人に平伏《ひれふ》していった。今では彼らはすっかりおとなしくなり、私に一族の鬱屈した感情を押しつけすぎたと、謝罪してきた者すらいた。

そうして、アーサーは私の内面も取り巻く世界も、全て変えてしまった。暗い部屋で俯いていた私は光に満たされ、心から望んで彼女の臣下となった。

（そう……あのころはただ幸せで……ずっとこのままでいられればいいと思っていました……）

学校の庭に設置されているベンチに腰掛けたマーリンは、世界が夕焼けに染まるのを眺めながら、追憶から意識を戻す。朝からずっと黄昏《たそが》れていたら、つい昔を思い出してしまった。

今までずっと、アーサーと一緒にいることに疑問を持たなかった。彼女に心からの忠誠を誓った後は、一緒にいることが、臣下であることがただ嬉しかった。

けれど、最近はとある考えが頭をずっと苛んでいた。自分は……アーサーにとって何なのだろう？　自分はアーサーに必要な人間なのだろうか？

初めて出会った頃は、まだ教育係という役目があった。王が知らない人間世界の常識を教えて、奔放な王が世俗に馴染むための教師役だ。

いまだに王はマイペース極まりなく、自分が叱《しか》ることも多い。だがこの四年間で公園や牧場の動物を狩ってはいけないと覚えたり、お金の概念《がいねん》も理解できてきたりと、学習は進んでいる。いずれ自分の助けがなくても、人間社会と折り合いをつけて歩けるようになるだろう。

そして、それ以外についても、およそアーサーには補佐が必要なことが見つからないのだ。

まず戦闘力が尋常《じんじょう》ではない。チームの皆はまだ実感を持っていないだろうけれど、正直ブーフ・ヒュレしたが最後、倒されるビジョンが浮かばないほどに強い。

また、いまだにその内面は計り知れないが、いつもその行動によって事態が良い方向に進むことから、とても深遠な考えを持っているのだと思われる。

他人の表層に浮かんだ心情を野性的な勘や匂いで察する特技があり、いざという時には周囲を圧倒するほどのカリスマを発露し、その容姿はまるで幻想のように美しい。

これではいかなる困難も障害とならず、その補佐である自分がいる必要がない。

（それに……アーサーは人間の世界に連れてこられて本当に幸せなのですか……？）

聖剣に選ばれたのだからと、ペンドラゴン家は当然のようにアーサーを家に連れてきた。そしてアーサーも、聖剣の担《にな》い手としての責任を受け入れて今に至る。

けれど人間社会はどうやっても制限が多い。奔放に振る舞うアーサーに、教育係として自分は自制ばかりを求めてきた。雄大な森にはない人間独自のルールで、アーサーの奔放さを縛《しば》り続けてきたのだ。

それは、アーサーにとって良いことだったのだろうか？

アーサーこそ聖剣を捨てて、森へ帰ったほうが幸せなのではないだろうか？

王の臣下を自称する自分こそ、人間世界の都合でアーサーを縛る象徴なのでは？

結局のところ、自分がアーサーにしてあげられることなど一つもなく……アーサーだって特に自分の助けなんて必要としていないのでは？

今朝の一件でアーサーの役に立てなかったショックから、マーリンはずっとこのような考えに囚われていた。それは大人になるにつれてうっすらと積もっていった疑問であり、しかし決してアーサーに訊《き》けない悩みだった。

（もしも我が王が……私を要《い》らないと言ったら……）

それは想像するだに恐ろしいことだった。自分の心は、すでにアーサーを中心に回っている。彼女は主であり、道であり、心臓であり、世界なのだ。もしアーサーが私を否定したら、私の王国は崩壊する。心が折れて呆然《ぼうぜん》と膝《ひざ》を落としてしまうだろう。

「これはまた、酷《ひど》く憂鬱そうな顔をされているなマーリン殿」

「え……グレーティア……!?」

マーリンが俯いていた顔を上げると、そこに大柄の筋肉質な少女――グレーティアがいた。

「どうやらだいぶ悩んでいるようだな。おそらくその要因は私たちにあるのだろうが」

「ええと……その……」

普段寡黙《かもく》なグレーティアが柔和《にゅうわ》な調子で自分に話しかけてきた意図が摑めず、普段アーサー以外の生徒と喋り慣れていないマーリンは、咄嗟《とっさ》の対応に戸惑った。

「ああ、そう緊張しないでほしい。私はただ、我らが軍師殿が困っているようだったので、声をかけたまでだ。良ければ少し話そうと思ってな」

そう言って、グレーティアは裏表のない笑顔を見せた。その高身長に目が行きがちな少女だが、その顔は実に女性的で、優しい母か姉のような包容力があった。

「その……合同訓練のことで悩んでいるのなら相すまん。私自身は今朝も言ったようにチームの連携を高めることも、合同訓練を行うことも反対ではない」

「え……なら、どうしてあの場ではっきりと私に同調してくれなかったのですか……?」

どうやら相手が真剣に話をしに来たらしいと察し、マーリンは申し訳なさそうに言うグレーティアに、当然の疑問を尋《たず》ねた。

「そうだな……私はとにかく頭が悪い。難しいことを考えると知恵熱が出そうになる」

「はい……？」

大真面目な顔で自分の頭の悪さをアピールしてきた少女に、マーリンは目を丸くした。

「いつも黙っているのは、私の頭の悪い発言で皆を混乱させないためだ。私個人としては訓練が大好きなので、チームメイトとの合同訓練というのはむしろワクワクする。だが、その実施がチームにとって良いことなのかという議論になると、さっぱりわからん」

いっそ清々《すがすが》しいほどに、グレーティアはそう宣言した。個人の好悪《こうお》や意見はもちろんあるが、それが大局的にどう影響するのかなどは、まったく判断がつかないらしい。

「だから、チームの意見が一致するまで私の意見はとっておくこととしたのだ。それがマーリン殿を悩ませているのであれば、まったくもってすまん」

グレーティアはそう言って、神妙な表情で謝罪してきた。マーリンは今までろくに話したこともなかったチームメイトの意外な内面に驚きながらも、わざわざそのことを告げに来た真摯《しんし》な態度に、沈んでいた心が少し軽くなっていくのを感じた。

「あ……いえ……あなた個人が乗り気だったことがわかっただけでも嬉しいです。それに……今悩んでいたのはそのことではなく……」

「ほう、ならばその悩みをこの筋肉女に喋ってみよマーリン殿。先ほど申したとおり回らない頭が故《ゆえ》に気の利《き》いた回答は出来ぬが、壁に話しかけるよりかはまだマシだと自負している」

「ぷっ……！　か、壁よりマシって卑下《ひげ》しすぎですよ！　あははははっ！」

壁に話しかけるよりマシ、というあんまりな自負を告げてきた少女の誇らしげな顔に、マーリンは吹き出した。こんなに可笑《おか》しいと思えるのは、久しぶりだった。

「……ええ、なら甘えさせてもらいます。実は、その、少し恥ずかしい話なのですが……」

グレーティアの初めて触れる一面に警戒心が緩み、マーリンは若干躊躇《ちゅうちょ》しながらも、自分の胸の内をポツポツと語った。自分とアーサーのこと、自分の存在意義がわからないこと、アーサーが自分をどう考えているのかわからなくて、とても苦しいこと――

「……よもや、ここまで王道な恋の悩みを聞くことになろうとは思わなんだ」

「こ、ここここ、こ、恋じゃありません！　純粋なる忠誠心の話です！」

同じベンチに座して全てを聞き終えたグレーティアは、唸《うな》るように感想を漏らし、それに対してマーリンは顔を真っ赤にして反論した。

「まあ、忠誠心でも恋でも友情でも、相手に焦《こ》がれて想い悩むならば同じようなものだろう。しかし、その悩みを解決するのなんて簡単ではないか。馬鹿な私ですら思いつくぞ」

「え……!?　そ、それはどんな!?」

解決方法を思いついたというグレーティアに、マーリンは飛びつくように尋ねた。

「決まっているだろう。アーサー殿に、私をどう思っているのかと真正面から訊くのだ」

「…………」

それは誰でも思いつくことであり、しかし完全無欠に正しい意見だった。アーサーがマーリンをどう思っているのかなど、結局のところアーサーにしかわからない。だからこそ、その答えを得るには、他ならぬマーリンがアーサーに気持ちを訊くしかない。

「で、でも……それは……」

だがそれがあっさりできるのならば、世の中の少年少女は苦労しない。相手へ募《つの》らせた想いが大きいほど、否定される恐怖も比例して増大する。

「怖いかマーリン殿。しかし逃げても何も始まらん。戦わなければ何も手には入らん」

敬愛する主君の気持ちを恐れるマーリンに、グレーティアは強い口調で言った。しかしマーリンは俯いて唇を噛みしめるばかりで、何も言葉にできなかった。

「……ふむ、マーリン殿。今度は私の話をさせてもらって良いかな」

「え……？」

想い破れて心が傷つくことを恐れるマーリンをどう見たのか、グレーティアは静かに自分のことを語り始めた。

「私は、幼いころから身体が大きかったためか、とにかく頭より先に身体が動くタチだった。たとえば同級生に嫌がらせをする男子がいれば、まずぶん殴《なぐ》った。諭《さと》すとか先生に相談するとか、そういう迂遠《うえん》な解決法がさっぱり頭に浮かんでこない子どもだったのだ」

いきなりの武闘派すぎる話の出だしに、マーリンは「ええと……」とコメントに困った。

「十歳の頃、自分は頭が相当悪いので、考えるのは諦めようという結論に達した。これからは頭を使わずに、恵まれた身体能力だけを使って生きようと決心したのだ」

「いくらなんでも人生に結論を出すのが早すぎでしょう⁉」

幼くして人生に見切りをつけるという点ではマーリンも似たようなものだったが、以後の人生をパワーのみで生き抜こうと決意する十歳児というのは、あまりにもシュールに過ぎる。

「それから『原書』の契約者に選ばれたのは幸いだった。何せ、『原書使い』は戦闘力が大事だろう。残りの人生はただひたすらに鍛錬をしていれば良いと、お墨付きを貰《もら》ったようなものだ」

「いや……戦闘力は大事ですけど、卒業後にただ戦うだけの仕事に就《つ》けるかどうかは……」

魔法使いの敵たる魔法獣《フレック》の出現に備え、魔法学校を卒業後、戦闘力を重視する軍隊のような役職に就く『原書使い』は確かにいる。だがその役割は『原書使い』の憧れの的《まと》であるため、競争率がかなり高い職業である。

「だがその時点ではただ単に、身体を動かすことと鍛《きた》えることを好んでいただけで、その他に何か考えがあったわけではなかった。そんな私の道が定まったのは、とある事件からだ」

「事件……ですか？」

「ああ、『原書使い』となってしばらく経《た》ったころ、街中で祖母と買い物をしていると、包丁を持った暴漢に突然襲われた」

淡々と話すグレーティアだが、話が剣呑《けんのん》な方向に転がったことにマーリンは息を飲んだ。

「後で聞いたところによると、会社をクビになって自棄《やけ》になった男だったらしい。たまたま街中でメドヘンである私を見つけて、付近の店で包丁を調達するという衝動的な犯行だ。一般市民だった私は『原書』に選ばれた時に、地元でニュースになって顔が知られていたからな」

酷い目にあったと呑気《のんき》に呟き、グレーティアは続けた。

「動機は私が『原書使い』だったからだ。そいつの言い分をそのまま言うなら『たまたま「原書」に選ばれただけの小娘が、エリート面《づら》して美味《うま》いもの食いやがって！』ということらしい」

「いますね……そういう人は……」

一般市民の中には、『原書使い』に課せられる責任や義務を知らずに、ただ一生安泰《あんたい》を確約する宝クジに当たっただけのラッキーな女たち、という認識を持っている者もいる。幼いころから『原書』という重責を背負っていたマーリンとしては、そういう人種には格別の憤《いきどお》りを感じる。

「そして、男の凶刃《きょうじん》は突き出され、祖母は反射的に私を庇《かば》った」

最悪の流れに向かった話に、マーリンは頬にうっすらと汗を浮かべた。

「だが、その時……無我夢中ではあったが、私は動けた。咄嗟《とっさ》にブーフ・ヒュレを発動させて腕で包丁を受け止め、返す刀で斧《おの》を出現させて峰打《みねう》ちにできたのだ」

「よ、良かったです……」

予感した悲劇的結末が回避され、マーリンは胸を撫《な》で下ろした。魔法で形成した斧で峰打ちにされて、その男はよく生きていたものだとは思ったが、とにかくほっとした。

「その時から私は、力と闘争の意志というものを信奉するようになった。私が毎日訓練を行って力をつけていなければ、あの時咄嗟に戦うことを選択できていなければ、祖母はどうなっていたのかわからない。人には戦わなければならない時が、確かにある」

「力と……闘争の意志……」

「そうだ。私の原書『ジャックと豆の木』のストーリーは知っているだろう？」

マーリンは頷いた。ジャックという主人公が、長く伸びた豆の木を伝って雲上に住む巨人の住処《すみか》へ赴《おもむ》き、財宝を持ち帰るという有名な話だ。地上まで追ってきた巨人を、ジャックが豆の木ごと切り倒して殺す、という結末が印象深い。

「この話は現代人の感覚で言えば、何も悪くない巨人から宝を奪って殺すひどい話とも取れる。だが、私はこの話を決して否定しない。侵略が当たり前だった時代に生まれたこの話は、世界とは、本来闘争ありきで奪ったり奪われたりするものだと教えてくれるからだ」

自身の『原書』を、夢を語る御伽話ではなく現実を教える教本と言い、グレーティアは続ける。

「だから私は力が欲しい。私の願いは『あらゆる悲劇を打ち破れるほどに強くなりたい』だ。いつか魔法獣《フレック》のような災厄がまた起こった時に、私は率先して斧を振るう。そんな時に十分な力と戦う意志があれば、かけがえのないものを守り、温かなものを勝ち取れるのだ」

「グレーティア……」

その古代の戦士のような決然とした意志に、マーリンは敬意を覚えた。彼女は本人が言うような猪《いのしし》武者《むしゃ》ではなく、『原書使い』本来の役目を強く自覚する、誇り高い魔法使いだ。

それにしても……自分は頭が悪いと言う割に、話し方はとても聡明《そうめい》に思える。もしかしてこの人は頭の回転が悪いのではなくて、頭を使うことを面倒くさがっているだけでは……？

「戦うのだマーリン殿。闘争とは何も武器や魔法を用いるものだけではない。そしていかなる場合においても、人は戦わずして大事なものを得ることはできない」

真《ま》っ直《す》ぐにマーリンの瞳を覗き込んで言うグレーティアの言葉の意味は、マーリンにはよく理解できた。そしてそれが、おそらく自分の悩みを解決する唯一の方法だということも。

「け……けれど、もし負けたらどうするのですか？　いいえ、それどころか最初っから勝ち目がなくて、敗北が決まっていたら？」

「また仕切り直してさらに戦えばいい。傷を癒《い》やし、場所を変え、作戦を考え、次の闘争を始めるまでだ。生きている限り、戦う相手には事欠かないのだから」

涙声のようなマーリンの言葉に、グレーティアは当然とばかりに返した。彼女の保有する世界と理論はシンプルであり、それ故にとても頑強だった。

強い人だ、とマーリンは思う。そしてその言葉と心は、私の背中を力強く押してくれる。

「グレーティア……あなたとはあまり話したことがありませんでしたが、さっきあなたに思い切って悩みを打ち明けてみて良かったです。それは小さな戦いでしたけれど、今、手に入ったものがあると思います。……いい人なのですね、あなたは」

マーリンが心から感謝を込めてそう言うと、そんな言葉を受け取った経験はないのか、グレーティアは照れくさそうに頬を赤らめた。

「なに、猪武者の戯言《ざれごと》だ。私も……貴殿と話せてよかった。ふふ、今度は皆とこういうふうに話せたら楽しかろう。いつか揃《そろ》って街に繰り出して、その……パ、パパ、パフェでも食べるのもよいかもしれんな！」

　パフェというスウィートな単語を口にするのを恥ずかしがるグレーティアに、マーリンはくすりと笑った。ひょっとしたら彼女は、このチームの中で一番可愛い人なのかもしれない。

「しかし皆で、ですか……今朝も失敗でしたし、その道のりは遠そうです……」

　チームの問題が置き去りなことを思い出して、マーリンは嘆息《たんそく》した。グレーティアと仲良くなれたのは大きな収穫だが、残りの二人の手強《てごわ》さは考えるだけで頭が痛い。

「ああ、そのことだがなマーリン殿。アーサー殿から伝言だ。明日、急遽《きゅうきょ》合同訓練を行うことになったらしい。それもアーサー殿一人対全員の試合形式でだ」

「は、へ……？　今なんて……？」

　思い出したかのような伝言内容に、マーリンは目を瞬《しばた》かせた。今朝却下《きゃっか》されたはずの自分の提案が、どうしてそんな形で持ち上がってくるのか意味不明だった。

「どうやらトリスタン殿とアリス殿がアーサー殿と一悶着《ひともんちゃく》あったらしい。二人ともアーサー殿を打ち負かしてやろうと、やる気……というか怒りに満ち溢れているようだぞ？」

「な……なんでそんなことになってるんですかぁぁぁぁ!?」

　さっぱりとわからない因果《いんが》関係に、マーリンは名家の令嬢らしからぬ叫び声を上げた。

第二節　英国式告白は艦砲射撃にも似て

イギリス校が保有する、周囲一帯に人が住まないテーブルマウンテン。

そこは大規模な魔法行使を前提としたメドヘンたちの訓練場であり、今回のヘクセンナハトイギリス校代表チームの闘争の場だった。

その荒れた山道を、アーサーは堂々と前進していた。

その身に纏《まと》うのは白銀のサークレットと鎧《よろい》であり、左右に浮遊している肩当てで留《と》められた純白のマントをなびかせる姿は、まるで白い翼を得ているようでもある。

これこそが『ブリタニア列王史』がブーフ・ヒュレした姿であり、この姿となったアーサーは普段よりもさらに神々《こうごう》しく、王を超え、女神と見紛《みまご》う神聖な空気を放つ。

合同訓練の内容は、シンプルな殲滅戦《せんめつせん》。アーサーは他四名のメンバーを相手にして全て倒せば勝ち。他のメンバーはアーサーを倒せば勝ち。ダメージはブーフ・ヒュレがほぼ持っていってくれるので、ケガの心配はほとんどない。

そんな淡々とした確認事項だけを交わす中、アーサーとグレーティア以外の三人は極めて何か言いたそうな雰囲気を発していたが、結局誰も言葉を発さないまま、少女たちの怒りや惑《まど》いが混在した合同訓練は開始されて今に至る。

「どうやら重い腰を上げられたようだなアーサー殿」

道を塞《ふさ》ぐ人影からの声に、アーサーは自身の武器である王の剣《カリブルヌス》を手に身構える。

「……グレーティア。他の皆はどうしたの？」

「はは、皆で一斉に襲撃するという案は誰からも出なかった。どうやら、誰もが思うところがあり、一対一で戦いたいらしい。それで、私が一番手というわけ……だ！」

雷光のような速度と破壊力で放たれた斧《おの》の一閃《いっせん》は、しかし甲高《かんだか》い音とともに、アーサーの剣にあっさり弾《はじ》かれる。その反応を見たグレーティアは、にやりと笑う。

「さすがだなアーサー殿。だが……だからこそ挑《いど》む甲斐《かい》がある！　最強の『原書』を持つ最強のメドヘン、アーサー・ペンドラゴン！　貴殿と……ずっと果たし合いがしたかった！」

ブーフ・ヒュレを纏い、斧を担《かつ》ぐグレーティアの顔には喜色がある。闘争こそ己《おのれ》の本分であると言わんばかりに、目に爛々《らんらん》とした光が灯《とも》っている。

「私は……力を信じている！　世界は弱肉強食で、一皮剝《む》けば魔法獣《フレック》のような悲劇がある！　だからこそ力を求める！　力こそ正義！　力こそストロングだ！」

言葉と同時に武器も交差する。実に楽しそうに振るわれる斧を、アーサーは表情を変えずに弾き、両者の間に幾重《いくえ》もの火花と魔力が弾け飛ぶ。

「力こそストロング……良い言葉。グレーティアの言うとおり、力は真理」

「だろう！　やはり貴殿は話がわかる！　私の見込んだとおりの方だ！」

戦士たらんとするグレーティアと、野性の理《ことわり》を知るアーサーは、力の真理をお互いに確かめ合い、互いにギアを上げる。一瞬のうちに刃《やいば》は二条の閃光となって躍《おど》り、交錯した。

「平和は良い！　とても良い！　だがいずれ綻《ほころ》びる！　その時のために私は闘争の意志を燃やし続ける！　戦いを厭《いと》う『原書使い』が増えるほど、私のような者がいなくてはならぬ！」

叫びとともに繰り出される戦士の斧が、王者の剣によって阻《はば》まれる。その一撃一撃は重く、グレーティアが並々ならぬ覚悟でこの場に立っていることを如実《にょじつ》に示す。

「そしてすこぶる勝手ながら、貴殿の力を見せてほしいのだ……！　この渾身《こんしん》の一撃をもって、私の未来を占いたい！」

グレーティアは斧を大上段に構え、今にも飛び出さんと足に力を込めていた。その瞳に宿った気迫は尋常《じんじょう》ではなく、アーサーは、これがグレーティアにとって何か重要な意味を持つ一撃なのだと察する。

「わかった。受けて立つ」

「感謝！　では、参る……『金の卵《ゴールデンエッグ》』！」

両者は大きく踏み込み、お互いの武器は相手を斬《き》り裂く軌跡《きせき》を描いて走る。だがグレーティアはこの時、勝利を確信した。

踏み出す直前に発動させた固有魔法『金の卵《ゴールデンエッグ》』の効果は、〝一定時間の自身の無敵化〟である。あらゆる破壊力の影響も免《まぬか》れる黄金のオーラを纏っての、相打ち狙《ねら》いの捨て身の一撃。

それがグレーティアの勝算であり、接近戦で絶大な効果を発揮する切り札だった。だが――

「これは……なんと……」

一方的にダメージを受けて倒れ伏したのは、アーサーではなくグレーティアだった。

アーサーの剣はグレーティアの斧よりも先に到達したばかりか、攻撃を無効化するはずの黄金の光をいとも容易《たやす》く斬り裂き、魔法ごとグレーティアのブーフ・ヒュレを粉砕したのだ。

「鉄壁を誇るはずの私の魔法が……こんなにもあっさり……」

「王の剣《カリブルヌス》は何でも斬れる剣。魔法も、例外じゃない」

「なんと理不尽《りふじん》な……しかしまあ、聖剣とまで呼ばれる『原書』ならば、是非《ぜひ》もないな……」

地面からよろよろと身を起こし、グレーティアは呟《つぶや》いた。相打ち狙いを一方的に斬られたという技術面での敗北、操る魔法の格による敗北。言い訳しようのない完璧な負けだった。

「……お見それしたアーサー殿！　是非とも私を貴殿の臣下に加えていただきたい！」

胸に右拳《みぎこぶし》を当てて、グレーティアは声を大にして唐突な恭順《きょうじゅん》を示した。それに対し、そんな反応は予想していなかったのか、アーサーは少し意外そうな顔をした。

「……どうして？　グレーティアは鋭くて折れにくい斧のような心がある。貴女《あなた》は豹《ひょう》みたいに一人でどこまでも進んでいける人で、誰かについていく必要はないと思う」

戦士たらんとする少女のシンプルかつ強剛なる精神性を見抜き、貴女は群れを作らずに歩んでいける生き物だとアーサーは言う。

「それは無論！　私の頭が悪いためだ！」

不思議そうに問うアーサーに対し、グレーティアは堂々と言い放つ。その会話が繋がっているのか怪《あや》しい答えに、さしものアーサーも意味を吟味《ぎんみ》するようにしばし沈黙する。

「……そう。獲物《えもの》を見誤《みあやま》ったり、間違って大切なものを壊したりするのが怖いのね」

「おおお……！　まさにそのとおり！　よくぞこの足らない言葉から察してくれた！」

洞察力の賜物《たまもの》か野性の勘なのか、すぐに言葉の意味を見抜いたアーサーに、グレーティアは目を輝かせて感動する。

「私は力を信奉し、力を鍛える！　だがその鍛えに鍛えた力を向ける矛先《ほこさき》を決めるのが単純極まる私の頭ではいかにも拙《まず》い！　標的を間違えかねん大砲など迷惑千万だ！」

かねてよりの最大の懸念《けねん》だったのか、グレーティアは言葉に感情を込めてさらに続ける。

「だからこそ、私を止める力を持つ貴殿に、私という武器を振るってほしい！　貴殿の歩む先には、誤りなく誇りある道があると見込んでのことだ！」

かのジャックのように、罪なき巨人を殺して奪った宝を手に笑みを浮かべることがないように、断罪の力と先見の明を持つ王についていきたいとグレーティアは言う。

「そう、自分の力が罪のない誰かを傷つけてしまうことを、とても恐れているのね。貴女は、とても優しい人。ついてきたいのなら、そうすればいい」

「か、感謝する新たなる主君よ。し、しかしその、私が優しいなぞ、そのようなことは……」

穏やかにかけられた言葉に、グレーティアは頰を赤らめる。自らを戦士と定める少女のそんな様子はとても純粋で、乙女らしい。

「それで……臣下に加えていただいたばかりで相すまぬが、アーサー殿に伝えたいことがある。

あの、あれだ。その、マーリン殿のことなのだが……」

「マーリン？　マーリンがどうかしたの？」

先ほどまでの堂々とした物言いから、グレーティアは急に声のトーンを落とす。

「その……ううむ、なんと言ったら良いやら……マーリン殿とその、全力で血まみどろの死闘を……否《いな》、違う。実はマーリン殿は貴殿に……いやいや、私が暴露してどうする……！」

難しい顔で言葉を選ぶグレーティアだが、言いたいことがどうにも形にならない。だが何やら重要なことなのか、不得手ながらも何かを必死に伝えようとしている様子だった。

「ああもう！　アーサー殿！　先ほど刃《やいば》を交えた際、貴殿はさながら野生動物の如《ごと》く呼吸を読み、私の思惑《おもわく》すら察していたように思える！」

言葉を選ぶことをやめ、何も考えずに直感で喋《しゃべ》ることに切り替えたのか、グレーティアは勢いのままに言葉を紡《つむ》ぐ。

「だがそれは薄皮一枚分のことであり、心の奥深くまでは読みきれん！　何せ人間の心は、自分自身でもよくわからぬからな！」

グレーティアは、普段寡黙《かもく》であるために周囲からよくわからない少女と評される。しかし友のために語る今この時は、不器用ながらも熱心に想いを言葉にしていた。

「だからこそ人は心を言葉にする！　想いは言葉に加工せねば自分でもわけがわからず、相手にはまったく伝わらん！　黙っていてわかることなぞ、本当に微々たるものだ！」

人間の面倒さと想いを伝える言葉の重要さを、アーサーは黙って聞き入れる。

「だから、つまり……マーリン殿は貴殿に伝えたい言葉があるそうなのだ！　彼女に向き合い、しかとその想いを聞いてほしい！」

「……わかった」

王の真剣かつ深い頷《うなず》きを見て、グレーティアは肩の荷が下りた様子で安堵《あんど》の息を吐いた。慣れない恋愛小説のお節介な友人役などをやってみたが、これが存外に難しいものだった。

――さて、私が助太刀《すけだち》できるのはここまで。後は貴殿次第故《ゆえ》、死力を尽くせよマーリン殿。

おそらく山頂でアーサーを待っているであろう昨日からの友人に、グレーティアは軽くウィンクし、胸中で声援を送った。

・

「まずは礼を言うよアーサー。ちょっと思っていた形とは違うけれど、こうして一対一で戦う機会を設《もう》けてくれたわけだからね」

ブーフ・ヒュレを発動させたトリスタンは、起伏《きふく》のある岩場が広がる場所で待っていた。

男装少女はまさしく騎士のように誇りをもってこの場に立ち、その瞳には闘志が激しく燃えている。この戦いを訓練ではなく、純粋なる決闘として臨《のぞ》んでいるのは瞭然《りょうぜん》だった。

「ボクは騎士の道を……ボクの夢を諦《あきら》めない！　歪《ゆが》んだ願いだろうとそれを叶《かな》える！　そして、それを侮辱《ぶじょく》した君を許さない！　どういうつもりでボクを挑発したのかはわからないけれど……それ相応の対価を払ってもらう！」

手にした矢を剣のように突きつけ、騎士に憧《あこが》れる少女は決闘に懸《か》ける想いを宣誓する。

トリスタンは思う。これは誇りの問題だ。騎士物語の決定版とも言える『ブリタニア列王史』を擁《よう》し、予言に謳《うた》われた王であるアーサー。そんな彼女に自分を否定されたまま、前に進むことはできない。これは屈辱を晴らす戦いであり、同時に自分が騎士を目指す上で避けて通れない戦いでもある。

「……わかった。全力で挑んでくるなら、私も全力で相手をする」

トリスタンの気勢にまるで怯《ひる》んだ様子はなく、アーサーは剣を抜く。だがそれでこそだとトリスタンはさらに戦意を固める。全力で――あの最強のメドヘンを撃破する！

「この一戦で、ボクの道を君に認めさせてやる！　いくぞアーサー……！」

迸《ほとばし》る気合いとともにトリスタンは魔法を発動させ、決闘は始まった。


「……は、え……？　何でボクは地面に寝て……」

大地に背をつけて倒れたトリスタンは、呆然《ぼうぜん》と呟いた。

にわかには事態が呑み込めなかったが、倒れた自分の傍《かたわ》らにアーサーの姿を認め、すぐに飛んでいた記憶が蘇《よみがえ》ってきた。

おそらく戦闘時間は、三分ほどにすぎなかったと思う。開始直後に自分は固有魔法『シャーウッドの森』を発動し、周囲一帯を深い森へと変えた。そして、木々の枝を足場に、猿のように跳躍して全方位から矢を浴びせかけたのだ。殺到する矢を聖剣で全て斬り払うアーサーはさすがだったが、それでもこのまま根比べに持ち込んで体力を削りきれば——そう思った時だった。

アーサーはくんくんと鼻を鳴らして周囲の匂いを探ったかと思うと、砲弾のような勢いで跳躍した。そうして、樹上にいる自分の目前に瞬間移動のように現れた次の瞬間、身体が浮遊感に包まれた。

首を鷲摑《わしづか》みにされて、樹上から真っ逆さまに落ちていると気付いた時には、もう地面に叩《たた》きつけられて意識が明滅していた。そうして限界以上のダメージを受けたブーフ・ヒュレは解除され、今自分は無様にも地面に転がっているというわけだ。

「は……負けたのかボクは……。それもこんなにあっさり……」

「さっき言ったとおり、私は全力で戦った。それだけ」

トリスタンの呟きに答えるように言うアーサーは、倒れたトリスタンの横で膝を折り、男装少女の顔をじーっと覗《のぞ》き込んでいた。

その空色の瞳には敗者を嘲《あざけ》る色など微塵《みじん》もなく、どこまでも澄んでいた。うっすらとそうではないかと思っていたが、侮辱は自分の勘違《かんちが》いだったのだとトリスタンは悟る。

アーサーは誰かを侮辱して楽しむような少女ではない。それは元々わかっていたはずなのに、感情はずっと頑《かたく》なに怒りを燃やし続けた。その要因はおそらく嫉妬《しっと》なのだろうと、今の敗北に冷えた頭でなら客観的に考えられる。

「強いな……。それが騎士物語の究極たる『原書』の力で……その担《にな》い手たる君の力か……」

ブーフ・ヒュレを発動したアーサーの姿は、白銀の鎧と純白のマントが織りなす見るも豪奢《ごうしゃ》なものだった。トリスタンの目にはあまりにも眩《まぶ》しい。

「騎士に憧れているんだ。ずっとずっと色褪《あ》せない夢なんだ……」

その輝きに誘われるように、トリスタンは呟いた。

「今ならわかる。ボクは、君に嫉妬していた。『ブリタニア列王史』に選ばれた君が羨《うらや》ましくて……君の言葉をつい悪意があるように解釈してしまった」

まるで懺悔《ざんげ》をするかのように、トリスタンは自らの心を探って語る。

「勝手に勘違いして、お前は女だから騎士にはなれないと、そう言われていると思い込んだんだ。他ならぬボク自身がそう思っていて、その声がボクの中で反響してただけなのに」

語るその声は自分を恥じ入るように、暗く悲しげだった。

「トリスタン、言いたいことがある」

「……ああ、何でも言ってくれ」

トリスタンは神妙な顔で続きを促《うなが》した。おそらく、彼女が口にするのは叱責《しっせき》だろうと思った。自分は、嫉妬に眩《くら》んで勝手に誤解してアーサーを見そこない、おまけに性転換という正道とは言いがたい手段で願いを叶えようとしている。何を言われようとも、反論する術《すべ》は持たない。

「女の子が騎士になれないっていう意味がわからない」

それこそ意味がわからないことを大真面目《おおまじめ》な顔で言いだしたアーサーに、トリスタンは咄嗟《とっさ》に何も反応できずにただ目を瞬《しばたた》かせた。

「女の子でもなんでも、鎧を着て馬に乗ればいいと思う」

純粋な子どもが教師に疑問を尋《たず》ねる時のように、アーサーは不思議そうに首を傾《かし》げた。

そこで、トリスタンはアーサーが騎士という概念《がいねん》を今の今まで理解していなかったことに気付く。どうやら、馬に乗って甲冑《かっちゅう》に身を包む者の名称くらいに思っているようだった。

「いやいや……馬に乗って鎧を着れば騎士ってわけじゃないんだよ。騎士っていうのは――」

そう言いかけて、ふとトリスタンはその答えがわからない自分に気付いた。

騎士とは――何だ？　鎧姿の騎馬兵？　身分？　職業？　称号？

何をもって騎士とする？　騎士の何に憧れたのか？

その根源的な問いは、トリスタンの内面に深く問いかける。お前の最も大切な原初の想いを取り戻せと、心の深層に沈んでいた何かを引き上げていく。

最初に憧れた騎士は、物語の中にいた。その姿を格好良いと思った。

しかし目を輝かせて見ていたのは、決してその称号や華美な鎧姿にではなく――

ふと、何かが手に当たった。視線を向けると、そこには自分の原書『ロビン・フッド』がある。騎士物語とは縁遠いこのアウトローたちの物語を、自分はとても気に入っていた。

作中の彼らの行いに深く共感し、契約できたのがこの『原書』で良かったと心から思えた。

その理由を、トリスタンは今この時に理解した。

『ロビン・フッド』の作中に登場するアウトローたちは身分などなく、お世辞《せじ》にも上品とは言えない者たちだ。だが彼らには気高《けだか》い心があった。無辜《むこ》の民《たみ》のために圧政者に対して立ち上がった彼らにこそ、自分は高潔な騎士道を見たのだ。

騎士道とは、心の歩む道そのもの。

悪徳を憎み弱きを助け、力なき民のために尽力《じんりょく》せんとする心。

嘘をつかずに清廉潔白《せいれんけっぱく》を善《よ》しとし、礼節を弁《わきま》える心。

あらゆる困難に対して臆《おく》さずに、勇気を持って立ち向かう心。

そういった誇り高い心を抱《いだ》き邁進《まいしん》する姿こそ、憧れた『騎士』だ。その輝きは内面に宿るものであり、ボロを着ようが絢爛《けんらん》な鎧を纏おうが本質には関《かか》わりなく、身分も出自も関係ない。

そして——性別もまた、関係ないではないか。

「ああ……そうか、そうだったんだ……」

永《なが》く曇《くも》っていた目が晴れた気分で、トリスタンは万感の思いを吐き出した。結局のところ、自分の夢を凝《こ》り固まった観念で縛《しば》っていたのは自分自身で、その鎖《くさり》から解き放たれた今は、生まれ変わったように清々《すがすが》しい気分だった。

ちらりと傍らのアーサーを見る。おそらくこの少女は、全てをわかっていて自分をここまで導いてくれたのだろう。自分の間違いを見抜き、その蒙《もう》を啓《ひら》いてくれた少女に対し、トリスタンは深い感謝と尊敬の念を覚えた。

「ありがとうアーサー。君のおかげで目が覚めた。もうこれでボクは男になる必要もない」

「……？　そう。何だかわからないけど、悲しみと苦しみの色が消えてよかった」

感謝を告げると、アーサーは何も知らないという体《てい》で言葉を返してきた。彼女がそういうことにしたいのなら、これ以上何も言うまい。

「君を王と認めて忠誠を誓おう。だけど、覚悟してくれよ。迷いが晴れて、ボクは完全なる愛の狩人《かりゅうど》になった。いつか君に……熱い口づけを贈るよ」

悩みが全て溶け失せ、女生徒好きの王子スタイルを復活させたトリスタンが、かつてないほど熱っぽい瞳でアーサーに愛を囁《ささや》く。……それが、何を誘発するかを想像せずに。

「口づけ……こういうの？」

え？　と呟く暇《いとま》もあらばこそ。アーサーの手がトリスタンの首に回り、王の桜色の唇が接近する。完全に不意を突かれたトリスタンの頬を――にゅるんとした感触が這《は》った。

「～～～～～!?　ア、アーサー！　き、き、君、な、舐《な》め……！」

「うん、苦くない、甘い味。本当に悩みが消えたみたいで良かった」

満足気に呟くアーサーとは対照的に、トリスタンは頬を紅潮《こうちょう》させて狼狽《ろうばい》する。それは口づけじゃないとか、味ってなんだとか、言いたいことは無数にあるが、混乱で言葉を上手《うま》く紡《つむ》ぐことができない様子だった。

「うん、やっぱりそのほうがいい」

「え……？」

顔を朱に染めて恥じらいに震えるトリスタンに、アーサーは言う。

「トリスタンはこんなにも可愛い女の子だから、男の子になるのはもったない」

その言葉を最後に、アーサーは先へと進んでいった。後に残るトリスタンは、頬にさらなる

熱を宿らせて、ぺたんと座り込む。その紅潮が少女としてか男装王子としてか自分でもわからぬまま、アーサーが去った方向をただ見つめるのみ。
そうして――この日からアーサーは、トリスタンの〝本命〟となった。

「ふぅーん。もう二人も仕留《しと》めたんだ。やっぱり主人公サマは違うよね」

三番目にアーサーを待ち受けていたアリスは、山道の頂上の手前にある貯木場跡で待っていた。

砂利《じゃり》が敷き詰められたその場所は、何故《なぜ》か岩石が無数にごろごろと転がっている。大きいものは乗用車ほどもあり、一番小さいものでも椅子ほどのサイズがある。

「アリス……やっぱり危険なくらいに赤い怒りが燃えてる……」

「もっちろん！　あんたは絶対に、あたしが吠《ほ》え面《づら》かかせてやるって決めたんだもーん！」

口調こそおどけているが、小柄《こがら》な少女の目はまるで笑っていない。

「あんたは……あたしを馬鹿にした！　あたしをネズミだと皮肉った！」

過去を否定して、かつての名を捨てたアリスは、自分を馬鹿にした相手を放置することはできない。

薄汚いネズミと罵《ののし》られても、唇《くちびる》を噛んで耐えていたのがジャッキーだ。『原書』という力とアリスという名を得た自分は、あの頃とは違うということを自らに証明する必要がある。

「そして……あんたみたいに全てが恵まれた主人公には負けない！　あんたを倒して、あたしもその位置に行けるんだって証明してやる……！」

かつて羨んだ光の、究極に位置する場所。アリスが求める主人公そのままの存在。それに打ち勝てば、元端役《はやく》でも主人公になれるという証明になる。

怒りと羨望《せんぼう》。その両方によって、アリスはその瞳に赤黒い感情を轟々《ごうごう》と燃やしていた。

「だから……ぶっつぶれろぉ！　クソったれの王サマぁぁぁぁ！」

そして、アリスの怒りに呼応《こおう》するように、周囲の岩石が宙に浮かぶ。

大小合わせて五十に届く岩石群は、アリスの敵を取り囲むように中空へ敷き詰められていき

――黄金の少女へと一斉に殺到した。

『不思議の国のアリス』は決して攻撃力の高い『原書』ではなく、最強クラスの前衛タイプであるアーサーと正面から戦っては、万に一つも勝ち目はない。

そこで、アリスは事前に罠《わな》を張ることにした。第一段階として、魔法の一部であるトランプ兵を人足として召喚し、この辺り一帯から大きな岩石をかき集めた。

そして第二段階は、アーサーを待ち受ける地点にそれらを積み上げて、しばし時間をおいてから、積み上げたそれらを周囲へとバラバラに散乱させる。

そして、アーサーが狙い通りの地点に足を踏み入れた時に、とある魔法を発動させる。

それがこの罠の肝《きも》である『懐中時計《ポケットウォッチ》』。その効果は〝無機物を対象とした時間の巻き戻し〟。

この魔法により、周囲に散乱していた岩石の全ては、数十分前に積み上げられていた場所――すなわち現時刻においてアーサーが立っている場所へと殺到する。

アーサーとその『原書』の強力さを考慮《こうりょ》してギリギリまで岩石集めをしていた甲斐があり、その総合的な破壊力は、一般的な家屋くらいなら跡形もなく粉砕できるほどだった。

目論見《もくろみ》は見事に嵌《は》まり、アリスは自分の勝利を確信した。だが――

「……うそぉ………」

アリスは、自らを焦《こ》がしていた激情の炎すら忘れて呆然と呟いた。

いかな『原書使い』でも咄嗟には対応できないと確信した罠――大小合わせて五十もの岩石群は、アーサーが描く縦横無尽《じゅうおうむじん》の剣閃《けんせん》の前に、その全てが斬り落とされた。

まるで突拍子《とっぴょうし》もない漫画《カートゥーン》のような光景ではあったが、現実として大量の岩石は全て真っ二つとなり、雨のように落下して盛大に土煙を立てる。

そして、その向こうからゆっくりと歩いてきたアーサーは、あんまりな光景に固まるアリスに剣を一薙《ひとな》ぎし、決着は冗談のようにあっさりとついた。

アリスは呆気《あっけ》なく決まった敗北をすぐに理解できなかったようで、しばし呆然となっていたが、やがて現実を認識しだしたのか、ゆっくりと肩を落として深い息を吐いた。

「あは……あははは……これが主人公サマの力かぁ……嫌になっちゃうよもー……」

ブーフ・ヒュレを破られたアリスは、その場に座り込んで力なく笑った。

何でも斬れる剣とは聞いていたが、いくらなんでもここまで滅茶苦茶《めちゃくちゃ》なものを見せられては、もう笑うことしかできない。

そして、勝者たるアーサーは膝を折って屈《かが》み、アリスに目線を合わせて無言で静止していた。

その表情は相変わらず静謐《せいひつ》で、アリスには何を考えているのかわからない。

けれど、目の前の少女が、悪意なんていうチンケなものを振りまく存在ではないのだろうということは、うっすらとわかってきた。

人間の闇《やみ》に長く触れてきたアリスは知っている。悪意——すなわち他者への攻撃性とは弱さの表れだ。自分に自信がないから、他人を下に見たり痛めつけたりして、自分という存在を持ち上げようとする。そうやって、自らの自尊心を保つのだ。

そして、これほどまでにぶっ飛んだ力があれば、わざわざ他人を貶《おとし》める必要なんてない。つまり、目の前の少女はただ単に……空気が読めない電波系野生少女なのだろう。

「ねぇ……アーサー。ご都合主義なまでに強くて、とびっきりに綺麗な顔をした主人公サマ。ちょっとあんたに訊きたいんだけさ……」

いつも強気なアリスにしては珍しく、その声は弱々しい。まさに世界から庇護《ひご》を受けた主人公としか言いようのないアーサーの力を目の当《ま》たりにして、言葉から力が失せていた。

「あたしみたいな元端役は……やっぱりあんたみたいな主人公にはなれないのかな……？　あたしってば運良く端役から登場人物程度に成り上がったからって、自分だって主人公になれるって勘違いしちゃったのかな……」

アリスは夕刻が近づいた空の下で、悲しみを滲《にじ》ませた声を漏《も》らした。そこにいるのは誰とも馴《な》れ合わずに、ただ可愛さという力のみを追求する『アリス』ではなく、辛《つら》い過去によって打ちひしがれたただ一人の少女だった。

「その答えは、私にはわからない。だって私は主人公じゃないから」

そう答えたアーサーに対し、アリスは何を馬鹿な、と胸中で呟く。これだけ設定が盛りに盛られ、物語を動かす力を有するアーサーが主人公でなければ、いったい誰が主人公だと言うのか。

「もし私が主人公なら……みんな服を着ないで、裸ですごせる世界を望む。そうなってないということは、私は主人公じゃない」

大真面目な顔でそう断言するアーサーに、アリスは「えぇ……」と素《す》の感想を漏らす。何だか主人公の定義が神様のそれになっているような気がするが、それにしてもとんでもない望みだった。

「……そんな世界は……ちょっと嫌カナ……」

「なら、アリスは主人公になったらどうするの？　アリスが望むのは、どんな物語《セカイ》？」

「……あたしが、望んだ世界……」

敗北により全ての気負いが失せたアリスの心に、アーサーの問いかけが染《し》み渡る。最初に願ったこと。主人公に憧れた想いが、心の表層に浮かび上がってくる。

端役が嫌だった。汚くて痛くて悲しい役回りに落とされるのを、心から恐怖した。

もう痛めつけられたくなかった。悲しさや情けなさで涙を流したくなかった。

どれだけ目を逸《そ》らして逃げてもぴったりとついてくる過去に追いつかれて、全て夢だったかのように暗い闇の底に連れ戻されることを怯《おび》え続けた。

だから主人公に憧れた。可愛さを磨き続け、華々しいスポットライトが当たる存在になれば、もう二度と苦しい思いをせずに済むと思ったから。もう自分は過去の闇から解放されたのだと確信できるほどに、あたしを愛してくれる世界に辿《たど》り着きたかった。

「ただ……優しい世界が欲しかった……。誰もあたしを馬鹿にしたり、痛めつけたりしないっていう安心が……お菓子みたいに甘くて柔らかい場所が……」

ああ……そうだった。結局のところ、あたしは自分が輝きたかったわけでも何でもない。ただ安住の居場所を求めて、ずっと泣いて彷徨《さまよ》っていただけの……子どもだったんだ。

「それがアリスの望みなら、別に主人公にならなくても、みんなで一緒にお菓子を食べたりすればいい。美味《おい》しくて、楽しくて、きっと世界は優しくなる」

呑気《のんき》に言うアーサーの言葉が、今ならば真理なのだろうと理解できる。おそらく、自分が求めるものは、特別な高みには存在しない。自分の足元から少しずつ形作っていくものなのだろうと、朧気《おぼろげ》ながらに思う。

「私は、またアリスと一緒にシュークリームを食べたい」

「…………っ」

何度も口汚く罵った少女から贈られた、優しい言葉。それはまさしくお菓子のように甘く、じわりと心の中で溶けていく。

「……はは……そうね。美少女の友達っていうのも少女力が上がりそうだし……今度はあんたたちを招いてのお茶会もいいかもネ……」

努めていつもの調子で呟きながら、アリスはアーサーたちを招くお茶会には、どんなお茶請《う》けがいいかとメニューを頭に思い浮かべ始める。

他人との触れ合いを思案する自分がかつてないほどに心浮き立ち、晴れやかな表情をしているとは気付かぬままに。

暮れる空が朱に染まる頃に、アーサーは山頂に足を踏み入れた。

南アフリカのテーブルマウンテンのようなこの山の全容は切り株状になっており、山頂部は大平原と見紛うほどに広大で果てがなく、森や湖すら存在する天空の島と化している。

その中をアーサーが進むと、目当ての人物はすぐに見つかった。

トレードマークである片眼鏡《モノクル》はそのままに、いかにも魔法使い然としたブーフ・ヒュレに身を包んで、魔法を行使するための杖《つえ》を携《たずさ》えるメドヘン。自分と最も長い時間をともに過ごした少女、マーリン・ペンドラゴンはそこにいた。

「来ましたね我が王よ。魔法で作った使い魔で見ていましたが、道中の戦いはお見事でした」

手の平に乗っている偵察《ていさつ》用の使い魔――『テンジクネズミ《リトルギニーピッグ》』を消し、マーリンはアーサーを正面から見据える。

「うん、待たせてごめん」

「いいえ、とても見応《みごた》えがあって退屈しませんでしたから」

二人は常にそうしているように、穏やかな会話を交わした。しかしアーサーは今日のマーリンがいつもと同じでないことをすでに察していた。表情も、匂いも、そして身体から見える感情の色も、全てが違う。

「グレーティアだけでなく、トリスタンとアリスの信をも得たのですね。この合同訓練の発端《ほったん》はあの二人と王とのケンカだったと聞き及んでいますが……全てはこの成果を得るための伏線《ふくせん》だったということですか。その手腕、本当に感服します」

「…………？　なんのこと？」

「謙遜《けんそん》なさらないでください。今回のことは王がチームをまとめるために謀《はか》ったのだと、もうわかっています。……私はやはり、お役に立てなかったのですね」

多大なる敬意と一抹《いちまつ》の悲しみを見せてよくわからないことを言うマーリンに対し、アーサーは脳裏に疑問符を浮かべた。今回のことは、トリスタンとアリスが話の途中に何故《なぜ》か怒りだし、その成り行きで決定したもので、伏線がどうこうは意味がわからない。

その二人の怒りの出所がわからなかったアーサーは、戦って二人は落ち着くのだろうかと密《ひそ》かに心配していたのだが、二人とも戦いの後に話をしている途中で、妙に何かを納得し、自分への怒りを霧散《むさん》させたようだった。

自分はただその時に思ったことを口にしたのみであり、どうして二人があああも心晴れやかな顔になったのかはわからなかった。だが、何はともあれ二人とも感情の色がとても穏やかになったので、結果が良ければいいだろう、とアーサーは思っていた。

「グレーティアから、マーリンが言いたいことがあるって聞いている」

「ええ、そのとおりです。けれどそれは、刃《やいば》を交《まじ》えながら申し上げます」

そして、杖を手にしたマーリンから、闘志が膨《ふく》れあがる。やはりいつもと違うと、アーサーは近しい少女の気合いの入りようを敏感に感じ取る。

「思えば、私と貴女《あなた》は全力でぶつかったことがなかった。けれど、今日は私の全てを叩きつけます。これまでに培《つちか》ってきた力、秘めてきた感情、その全てを」

片眼鏡《モノクル》の少女から溢《あふ》れ出る魔力と戦意に、アーサーの全身が総毛立つ。野性の勘も『原書使い』としての感覚も、最大限の警報を鳴らしている。

「……わかった。マーリンの全力を、私の全力で受け止める」

その手に王の剣《カリブルヌス》を出現させ、腰から提《さ》げた『魔法の鞘《さや》』を最大限に活性化させる。まさしく本気の戦闘態勢に満足したのか、マーリンは薄く笑みを浮かべた。

「では、まずは小手調べです。『ロンドン橋落ちた《ロンドンブリッジ・イズ・フォーリングダウン》』……！」

戦いの火蓋《ひぶた》は切って落とされ、大地が激しく震え始める。ロンドン橋の崩落を謡《うた》う魔法によって発生した地震は、山全体を巨大な削岩機で掘削しているように鳴動させ——アーサーの足元に広がる大地に無数の亀裂《きれつ》を走らせる。

（……っ！　崩れ……！）

アーサーがその場から離れようとした瞬間に、もう地面は崩落していた。

身体を支配する浮遊感。視界の全てが滑り落ちていく土砂の滝で埋まり、地層や岩石がビスケットのように脆《もろ》く砕けて、アーサーとともに飲み込まれていく。

アーサーの決断は、迅速《じんそく》だった。落下していく大地の欠片《かけら》へと飛びつき、そこを足場にしてより高い地点を落下中の岩石へと跳躍。それを繰り返してバッタのように上昇し、ついには断《だん》崖《がい》と化したその縁《へり》へと着地する。

「さすがに、この程度ではどうにもなりませんか」

魔法一つでビルひとつが埋まるほどの奈落《ならく》を創りだしてみせたマーリンの顔には、何の驕《おご》りも焦《あせ》りもない。大穴から飛び出てきたアーサーの姿を見ても、いたって冷静だった。

相手の距離から自分の距離へと持ち込むべく、黄金の少女は地面を蹴って片眼鏡《モノクル》の少女へと突進する。マーリンは完全な遠距離攻撃型であり、アーサーは完全な接近戦型。この戦いはいかにマーリンの魔法を潜《くぐ》り抜けて、剣の間合いまで接近するかにかかっている。

「まだまだ……『吹けよ風吹けよ《ブロウ・ウィンド・ブロウ》』！」

だがアーサーをよく知るマーリンの対応は隙がなかった。車でも舞い上がりそうな竜巻級の烈風が吹き荒れ、接近を目論《もくろ》むアーサーの足を止める。

「『誰が駒鳥を殺したの《フー・キルド・クックロビン》？』」

烈風に拘束《こうそく》されているアーサーに追撃がかけられる。マーリンの周囲に十数羽の駒鳥《こまどり》が出現したかと思うと、それは光の矢へと転じてアーサーへと一斉に襲いかかる。

アーサーは剣で幾重《いくえ》もの風切り音を奏《かな》で、殺到する矢を全て斬り払ってみせるが、それが単なる時間稼《かせ》ぎだと気付いたのは、マーリンの背後に浮かぶ巨影《きょえい》を認めた時だった。

「『ハンプティ・ダンプティ落っこちた《ハッド・ア・グレートフォール》』」

城壁から落ちれば、二度と元に戻せないほど巨大な大砲。その列車かと見紛う巨大な影は、マーリンの杖が指し示すままに火を噴く。

雷鳴の如《ごと》き轟音が響き、大地を揺るがす尋常でない爆発が何もかも根こそぎ吹き飛ばす。その爆発の余波で発生した炎が見渡す限りを灼熱《しゃくねつ》の紅蓮《ぐれん》で染め上げ、黒煙と火の粉を上空へと舞い上がらせた。

「『チクタク・チクタク・ボーン《ヒッコリー・ディッコリー・ドック》』」

マーリンは止まらない。すでに灼熱の炎に彩られた眼前へ発動させた魔法は、空中からバラバラと何かを召喚してばらまく。それはカチコチと音を立てて時を刻む、小窓のついた鳩時計。

古式ゆかしいデザインのそれらの正体は——時限爆弾。

設定された刻限を迎え、無数の鳩時計の小窓から一斉に鳩が飛び出て時間の到来を告げる。鳴いて、鳴いて、鳴いて、その直後に一斉に起爆《ボーン》。林立する爆炎の柱が瞬間的に烈火の森を形成し、絨毯《じゅうたん》爆撃に晒《さら》されたかのような衝撃と焦熱《しょうねつ》がすべてを薙ぎ払う。

「『獅子と一角獣《ザ・ライオン・アンド・ザ・ユニコーン》』」

さらに放たれた魔法によって現れたのは、逞《たくま》しい獅子と、清浄な雰囲気を漂わせる一角獣だった。二頭はバチバチと青白い放電を繰り返しながら、目標に向かって疾駆した。

そして、敵陣深く達したところで、二頭は激しくいがみ合ってその身をぶつけ合いスパークし始める。獅子《イングランド》と一角獣《スコットランド》の対立を表した謡《うた》を元に生まれたこの魔法は、両者の間で広がった戦火を純粋なる破壊で再現せんと、爆裂する白い稲妻となって大地を裂き大気を焦《こ》がし、あらゆるものを極まった光にて消し飛ばす。

これこそが原書『マザー・グース』の力。内包する数多《あまた》の童謡を元とした固有魔法『六〇〇の魔法』という反則でしかない魔法群を操る、魔法使い《マーリン》の書であり杖だった。

「「「……うわぁ……」」」

二人が戦っている場所から少し離れた丘の上で、グレーティア、トリスタン、アリスの三人は、破壊の限りを尽くして一人で焦土を創りだしていくマーリンの姿に言葉を失っていた。

敗北した三人は、麓《ふもと》で待つよりかは最後の勝負を観戦しようとここまで足を運び、示し合わせたように合流した。だが、そこで目の当たりにした光景は、完全に想像の埒外《らちがい》だった。

天地が引っ繰り返ったように連続する震動と衝撃は、艦砲射撃を受けているのかと錯覚《さっかく》するほどで、破砕されていく大地と広がる灼熱の炎は、もはや煉獄《れんごく》に迷いこんだようだ。

「ちょっ、ちょっとマジ!?　何この天変地異！　マーリンってこんなに強かったのぉ!?」

「ははは っ！　凄い！　いいぞマーリン殿！　その力を存分に示されよ！」

「これ以上存分にやったら崩れやしないかいこの山!?」

マーリンが初めて見せる激烈な魔法の数々に、三人は驚愕《きょうがく》する。だがその勝負の行方《ゆくえ》から目を離すことができないようで、震動する山に揺さぶられながらもその場から動こうとはしない。

「あのアーサーがここまで押されるなんて……正直マーリンを甘く見ていたよ」

「ああ、あそこまで威力の高い魔法を連発されてはさすがの我が王も——む？」

グレーティアの視界の先には、幾多の魔法をかい潜《くぐ》って紅蓮の炎と噴煙の中から這い出してきたアーサーの姿があった。しかし広域攻撃魔法の連打をすべて避けることはできなかったようで、身体には確かにダメージがあり、ブーフ・ヒュレも破損している。だが——

「え……？　どんどん治ってるぅ⁉　なにあれ完全にチート《イカサマ》だよぉ⁉」

アーサーが腰に提げた『魔法の鞘』が淡く輝き、傷を癒《い》やし、鎧の破損もすぐに修復してしまう。その効果は話には聞いていたが、想像を超える不死身のごとき回復速度に三人は目を剝《む》く。ダメージが与えた端からなかったことになるなど、理不尽というレベルではない。

「だが……マーリン殿は狼狽《うろた》えておらんな。あの回復能力は承知の上か」

「アーサーに勝つには、回復速度を上回る攻撃を叩き込むしかないってわけか……。普通なら絶望するところだけど、マーリンにここまでの火力があるならもしかして……」

三人が話している間も、マーリンの魔法による遠慮《しんく》のない破壊は止《とど》まることを知らず、戦場の鳴動は続く。召喚された小さなテントウムシが、真紅の炎に化けて草原を大火事にしたかと思えば、猛吹雪《もうふぶき》に晒《さら》された森が白く凍りつき、間《ま》を置かずに着弾した砲撃魔法の余波で粉微塵《こなみじん》に砕け散る。

「あたし……今後は絶対にマーリンをマジギレさせないようにするネ……」

アリスは頬に汗を浮かべながら呟き、グレーティアとトリスタンは激しく頷いて同意した。


砲撃、大発火、時限爆弾、地震、暴風――幾重もの魔法が、轟音とともに執拗《しつよう》なまでに大地へと叩きつけられる。その様はまるで天上の神が癇癪《かんしゃく》を起こして暴れ回っているようで、何百年もそこに鎮座《ちんざ》していた岩も、群生して森を為す樹木も、全ては平等に吹き飛ばされていく。

その凄まじい魔法の嵐に、最強のメドヘンと呼ばれるアーサーですら攻勢に移ることができない。余裕など存在しない真剣勝負の最中《さなか》で、アーサーとマーリンの視線は交錯《こうさく》する。お互いが、お互いのことしか考えられなくなり――世界は二人のものとなる。

「私は……貴女《あなた》に会えて嬉しかった！　暗い部屋でうじうじとしていた私に、光をくれた！――」

アーサーとぶつかるほどに、露《あらわ》になっていく自分の心。それを自覚しながら、マーリンは喉《のど》が裂けんばかりの声を張り上げて叫ぶ。

「心は自由だと教えてくれた！　ずっとずっと導かれてばかりだった……！」

マーリンの脳裏に、アーサーと出会ってから今までのことが浮かび上がる。

アーサー。私の世界を変えてくれた人。ずっとその姿を見ていたいと思える我が王。彼女から受け取ったものはあまりにも大きく、今までもこれからも、自分にとって必要な少女。

「でも不安なんです！　私には貴女が必要なのに、貴女には私なんて必要ないんじゃないかって！　私が貴女にしてあげられたことなんて、人間社会での常識を教えたことくらい！　それだって本当に貴女のためになっていたのですか⁉」

野に咲き誇る花に何も手を加える必要がないように、出会った時からアーサーは完成していた。その心はどこまでも透明で、晴れた日に仰《あお》ぐ蒼穹《そうきゆう》のように見惚《みと》れるばかりだった。自分が何かを彼女に与えたとは、到底思えない。

「ペンドラゴン家は、聖剣と契約した貴女に運命を押しつけて、無理矢理王としての責任を課してしまったんじゃないかって……！　貴女も本心ではこんな面倒な人間の世界なんか捨てて、森に帰りたいと思っているんじゃないかっていつも……！」

もしアーサーが森に帰ることを望むのであれば、自分は万難《ばんなん》を排《はい》してそれを助けるだろう。アーサーにとっての幸せがそこにあるというのなら、それに勝る優先事項はない。

けれど……けれど！　私の本心は！

私が望む未来は！　私の願いは……！

「『キラキラと煌めく小さな星よ《ティンクル・ティンクル・リトル・スター》』……！」

全てをぶつけると約束したこの勝負に決着をつけるべく、マーリンは最強を誇る魔法を発動させる。多くの伝承童謡《マザー・グース》の中でも特に有名な謡を元にした魔法『キラキラ星』。

燃えるような夕焼けに照らされた大地。そこに立つアーサーの頭上を巨大な影が覆う。

それは天高く存在しており、淡く発光していた。地を這う哀《あわ》れな者どもを神のように睥睨《へいげい》し、ゆっくりとその行く先を下界へと向けていく。

その正体は、召喚された輝ける隕石だ。遥《はる》か上空に君臨したこの星は、流星となって眼下の敵を粉砕する。最初はまさに仰ぎ見る星ほどの光でしかなかった流星は、加速度的に接近して視界いっぱいに広がっていく。

「でも……！　いなくなってほしくないんです！　ずっと傍《そば》にいたいんです！」

残る全ての魔力で星を大地へと導きながら、マーリンは叫ぶ。

これからも毎朝一緒に朝ご飯を食べたい。その自由な心をずっと見ていたい。日々その顔を見て過ごしたい。王であっても王でなくても、アーサーという少女の傍にいたい。

季節が巡りまた次の春が来ても、またその次の年が来ても――ずっとずっと！

その想いは臣下としてあるまじきこと。主のためではなく、完全に自分のための望みだ。けれど、その偽《いつわ》らざる本当の願いは止まらない。想いを留《とど》めることができない。

主従の誓いなど関係なく、ただ一人の少女としての切なる願い。今までずっと閉じ込めてきた想いを、魔法とともに全て解き放つ。

「『貴女とどこまでも一緒に歩いていきたい』……！　それが、私の唯一《ゆいいつ》の願いです……！」

ついに、星は大地に墜《お》ちた。

鼓膜を破らんばかりの嵐のような轟音。発生した衝撃は先ほどまでの魔法の比ではなく、周囲の地表は捲《めく》り上げられて津波のように波立った。空間の全てが万物を押し流す爆風に支配されて、身じろぎ一つできなくなる。

そして――衝撃が過ぎた後には舞い上げられた土砂が煙となってたちこめ、砂利が小雨《こさめ》のようにぱらぱらと降りしきる。流星の直撃は大地を抉《えぐ》り、月面のようなクレーターを出現させていた。その中心には、何かのモニュメントのように巨大な隕石が突き立っている。

「……ああ、さすがです……我が王よ……」

もはや全魔力を使い果たしたマーリンは、杖で身体を支えながら呟いた。

直後、そびえ立つ隕石へ不意に衝撃が走り、真っ二つになった林檎《りんご》のようにずるりとズレる。そのまま両断された星は左右に分かれて倒れていき、大地から盛大に土埃《つちぼこり》を立ち上らせて、轟音とともに骸《むくろ》のように横たわる。

その光景を背にして、アーサー・ペンドラゴンは今しがた隕石を両断してみせた王の剣《カリブルヌス》を手に、堂々と歩いてくる。マーリンが放った魔法を凌《しの》ぐのはかなりの魔力が必要だったのか、纏うブーフ・ヒュレはあちこちが破損したまま治癒《ちゆ》していない。それはマーリンの全力に、アーサーもまた全力で応《こた》えた証《あかし》でもあった。

そして、アーサーはマーリンの前に到達する。とうとう眼前に王を迎えた臣下の少女は、もはや何もせずにただ敬愛する王の瞳を見る。

「マーリンの全力と言葉、全部受け取った」

王の言葉に、マーリンは身を竦《すく》ませる。全ての胸の内を語ったことを後悔してはいない。けれど、それでも恐ろしい。拒絶されるのが怖い。もうお前は要らないと言われたら、絶対に立ち直れない。これからアーサーが何を言うのか考えただけで、この場から逃げ出したくなる。

「……ひゃっ……え……アーサー……？」

断罪を恐れて身を固くしていたマーリンを、温かくて柔らかい感触が包んだ。

アーサーの柔らかな頬が自分に触れ、乙女の甘い匂いに包まれる。身体全体に伝わる温《ぬく》もりに、アーサーが自分を優しく抱き締めているということに気付く。

「私の答えはこれ。けれど、言葉にしないと伝わらないってグレーティアも言っていたから、私も心を言葉にしてみる」

マーリンを愛《いと》おしげに腕の中に収め、アーサーは優しく言う。

「マーリンの心をずっと見ていた。いつも頑張っていて、いつも私のことを考えてくれていた。運命に挑《いど》む心の色と、とても優しくて温かい心の色に、ずっと惹《ひ》きつけられていた」

普段その声に感情を滲《にじ》ませないアーサーにしては珍しく、語る言葉は自然な優しさがあった。じわりと染《し》みこむ一言一言を、マーリンは目を見開いて聞き入る。

「いつの間にか、森にいた時よりも、マーリンと一緒の時のほうが落ち着くようになった。私が根ざして生きる場所は、貴女がいるこの人間の世界になった」

「アー……サー……」

マーリンの瞳から涙が零れ落ちる。胸がいっぱいになり、敬愛する少女の名前がまともに口にできない。この世で一番大切な存在からかけられる言葉に、頭からつま先まで満たされていく。自分を構成する一切合切が、報《むく》われていく。

「いつもありがとうマーリン。私の親友。私のお義姉《ねえ》ちゃん。世界で一番大好き――」

強くアーサーに抱き締められながら囁かれ、幸せが心の容量《キャパシティ》を超えたマーリンは頭の中で喜びが飽和《ほうわ》して何も考えられなくなる。心を超えて魂が打ち震えて、身体全体が軽くなっていく。

天にも昇る心地で、意識が遠のき——

全てが満たされたマーリンは、至高の幸せを抱いて意識を失った。

終節　色鮮やかな世界で王は微笑む

イギリス校の校庭にある、花咲き乱れる庭園。いつもアリスがお茶をしているその場にアーサーはいた。本日は雲一つない快晴で、爽《さわ》やかな風が優しくそよいでいる。こんな日は今着ている制服を脱ぎ捨てて裸になったら気持ちいいだろうと思うけれども、さすがにこの状況でそうすれば、全員から怒られることはわかっていた。

「ふふ、良いお店を知っていますねアリス。これならば王に献上《けんじょう》する価値があります」

「うん、どれも美味《おい》しいな。今度女の子を口説《くど》くのに使えそうだよ」

円卓《テーブル》の上には、たくさんのお菓子と軽食が並んでいた。スコーンやタルト、サンドウィッチなどの定番に加え、クレープやパフェもある。

その味はどれも素晴らしく、普段生真面目《きまじめ》なマーリンも、男装王子のトリスタンも、甘いものの魔力の前に相好《そうごう》を崩し、歳《とし》相応の女の子そのものの顔を晒《さら》している。

「ふ、ふん、まあ少女力を磨くあたしがお茶会を開くなら、これくらいは揃《そろ》えるもん」

この場の主催者《ホスト》であるアリスが、用意したお菓子を褒《ほ》められて照れくさそうにそっぽを向く。

その頰には赤みがさしており、口調とは裏腹に嬉しさが隠しきれていない。

「アリス殿。褒められて嬉しいのならば、はっきりと口に出すべきかと」

「う、嬉しくなんかないもん！　というかグレーティア！　あんたさっきからパフェばっかり食べ過ぎー！　お茶会はお茶がメインで、スイーツ大食い大会じゃないからぁ！」

ぱくぱくとプリンパフェを口に運ぶグレーティアに、アリスは憤慨《ふんがい》した。大柄《おおがら》な少女はこの席についた時からスイーツの山に目を輝かせ、パフェのグラスをもう三個も空《から》にしている。

「勘弁めされよ。このようなデカい女がキャピキャピしたスイーツ店に一人で入店するのは憚《はばか》られるのでな。こうして堂々とパフェを食べられる機会は稀《まれ》なのだ。ああ、うましうまし」

「その……そんな悲しいことを言わなくても、スイーツ店くらい一緒に行きますよ？」

「こ、このようなデカ女と一緒にスイーツ店に入ってくれると……？　なんという慈悲《じひ》……マーリン殿は天使であったのか……？」

「泣くほどのことかい⁉　というか君って寡黙《かもく》キャラじゃなかったっけ⁉」

あの合同訓練という名の真剣勝負以来、アーサーを囲むメンバーは、皆纏《まと》う雰囲気を柔らかくして、壁を作らずによく話すようになった。

このお茶会も、アリスがアーサーに「お茶会の準備できたから」とぶっきらぼうに言ったのが発端《ほったん》であり、それを聞きつけたマーリンが「王が出席されるのなら私も出ます！　アリス！ホストとして手抜かりないように！」と申し出たのだ。

そんなマーリンにアリスは「呼んでもないのに態度でかすぎぃ！」と言い合いを始め、そこにグレーティアとトリスタンも、「我が王が出るならば、新参家臣の私もお供する！」「愛《いと》しのアーサーが出るお茶会に、ボクが出ないわけにはいかないだろう？」と食いついてきて、あれよあれよという間に全員参加のアフタヌーン・ティーパーティーとなったのだ。

「けど、トリスタンが騎士なんてお固いものを目指していたなんて、ちょっと驚きカナ。女の子好きで王子キャラだから、ナンパしか考えてないんだろぉなーって思ってたよ」

「ははは、夢と嗜好《しこう》は別ものさアリス。君も是非《ぜひ》エスコートさせてもらいたいな。最近の君は殻《から》が破れてどんどん魅力的なレディになってることだし——」

「トリスタン！　チーム内でのナンパはやめてください！　ふ、不埒《ふらち》です！」

　最近妙にイキイキしているトリスタンがアリスに粉をかけると、マーリンが風紀を守る委員長気質を発揮して割り込む。

「しかし、そういうマーリン殿こそ凄《すさ》まじく情熱的だったではないか」

「な、ちょっ、グレーティア！」

「ああ、まさか山を崩落寸前にもっていくほどの魔法ぶっ放しと同時に告白とはね。うん、あれは相当にロックだった。君の愛は見習いたい」

　本気で感心しているらしきトリスタンが、愛のハンターとしてマーリンに敬意を表する。そんな仲間たちからの囃《はや》し立てに、マーリンは顔を真っ赤にして慌《あわ》てふためいた。

「あ、あ、愛じゃありません！　忠誠心です！　し、臣下としての想いです！」

「大胆な告白は少女らしくてポイント高かったけどぉ……要塞《ようさい》でも粉砕できそうなレベルの破壊魔法ラッシュとセットの告白って、ちょっと重いカナーってあたしは思うよぉ？」

「だから違うんですってばぁぁぁぁ！」

やや呆《あき》れたようなアリスの言葉に、マーリンは羞恥《しゅうち》に耐えかねた様子で絶叫した。そんな少女の初々《ういうい》しい姿を見て、他のメンバーはおかしそうに笑う。

そして、アーサーはそんな楽しそうな仲間たちの姿を見て、自《みずか》らの心も晴れやかになっていくのを感じていた。今回のことで少女たちが何かしら変わったように、人の世界に身を置くようになってから、自分も変わったのだろうと思う。

（いつの間にか……ここが私の住む世界になった……）

かつて森の中で動物たちとともに暮らしていたころ、自分の世界観はこうではなかった。万物をただの状態であると捉《とら》え、植物も動物も自分も境目はなかった。生も死も川の流れや雲の流れと大差なく感じており、全ては流転《るてん》する自然の理《ことわり》の一部と定義していた。

そのため感情もとても希薄で、行動原理は生存本能に則したものでしかなかった。

そんな自分は聖剣という物語に導かれ、未知のページをめくって人の世界にやってきた。

そこで、私は見た。あまりにも雑多な世界に住まう人間たち。彼らの放つ『色』を。

自分には普通の人間にはない妖精の血による視点がある。その生き物が表層に浮かべた想いが、ゆらめきのような感情の色となって見える異能だった。

けれど、森で見てきた動物たちとは比べものにならないほどに、人間の放つ感情は色が濃くて鮮烈だった。あまりにも輪郭《りんかく》のはっきりとした喜怒哀楽。それは自分にはない素敵なもの。

無色の世界に色をつけていく至高の魔法に、私は惹《ひ》かれた。

もっと触れたいと感じた。自分もこんな色を出してみたいと思えた。

そして、今自分の目の前には仲間の温かな感情の色がある。立ち上る淡く鮮やかな桜色が、優しさや温かさ、楽しさを鮮烈に伝えてくる。

（……とても綺麗……）

自分の感情の色は自分では見えないけれど、その色を見ていたら、心が浮き立ってくる。嬉しさが胸を満たして、世界が輝きを増しているようにすら思えた。

「王よ……その、楽しんでおられますか？」

いつの間にかからかう仲間から脱して傍《そば》に来ていたマーリンが、おずおずと訊《き》いてきた。

彼女の色彩をずっと見てきた。大きな苦しみから心を暗くて重苦しい色に染め、けれどそれに抗《あらが》おうと頑張って心を輝かせていった強い少女。

それが人間の力であり、人間の輝きなのだと教えてくれた家族。

彼女が今こうして映し出している温かな色を、愛しいと思う。自分に人間の素晴らしさを示してくれたのは、間違いなく彼女だった。

「うん、楽しい。マーリンやみんなと触れ合うのは、とても素敵なこと」

いつか自分の感情も、みんなのように鮮やかな色彩になることを願う。

だからこそ、もっと素敵な感情と出会いたい。皆と一緒にいたい。

『ずっと人と触れ合い続けていたい』――それこそが自分の胸に抱く願い。

色鮮やかな世界の中で、仲間の楽しそうな声と木漏れ日《こもれび》に包まれながら、王は柔らかな微笑みを浮かべた。

エピローグ
日本校「月で逢いましょう」

著／門田祐一（StoryWorks）

〝待ち人、来《きた》るやもしれぬ〟

小さな紙切れには、そう書かれていた。

具体的なのかそうでないのかよく分からない。そもそも来るのか来ないのかも曖昧《あいまい》だ。

いや、占いというものは得てしてそういうものだ。未だ確定していない先の事象を人間の小さな尺度でもって、あたかも「そうである」かのように紡《つむ》ぐのだから。

なるほど、そう考えるとこれは自分にある種の選択を迫るものなのかもしれない――

土御門静《つちみかどしずか》は、紙切れを元のようにくるくると丸めて恭《うやうや》しく財布の中にしまった。

「またやってるの、それ」

ふと視線を落とせば、向かいに座る小さな女の子が静を見ていた。

「こういう時こそ、わたくしたちには指針が必要なのです」

「指針ねぇ……」

そうぼやくと、女の子――加澄有子《かすみありこ》はテーブルの上の小さな機械を胡散臭《うさんくさ》げにつついた。

小銭を入れて自分の干支《えと》にメモリを合わせ、レバーを引く。すると巻き物のように丸められた小さな紙切れが出てくる。要するに百円で引けるおみくじのようなものだ。

このカフェテリアに大昔から置いてある物らしく、たまに生徒が面白がって百円玉を無駄にする。静のように何かあるたびにお布施《ふせ》するような者は珍しい。

「これ、ただのオモチャだと思う」

「なにをおっしゃるのです。ここは世界に名だたるクズノハ女子魔法学園ですよ。これは星詠《ほしよ》みの術を応用しているのでしょう。それをこのサイズに収めるなんて、きっと高名な術士の方がお作りになられたのでしょう。学園長は崇神家《すがみけ》の方だそうですから、もしかすると……」

機械をあちこち眺めて考察をはじめてしまう静を前に、有子は溜息をこぼす。

「そんなことより、メンバー。どうするの？」

「うっ……そうでした。その話でしたわね」

半ば現実逃避していた静はハッと我に返った。

こうして有子と二人で顔を付き合わせているのは、なにもお昼を食べるためだけではない。

先日の予選でケガをした二人の仲間の代わりについて話し合うためだった。

「取り急ぎ、学園長から今年の〝お見合い〟で生まれたメドヘンたちのリストをいただいて参りました」

静は顔写真の入った名簿をテーブルの上に並べた。

皆、静や有子と同じくこの春にクズノハ女子魔法学園に入学したばかりの一年生だ。

そして、数百人はいる新入生の中でもわずか数人しかいない『原書』に見初《みそ》められた特別な生徒たちでもある。

「たったこれだけ？」

パラパラと名簿をめくって有子が聞いてくる。

「ここ数年はメドヘンの数がずいぶんと減っているそうです。加えて、わたくしたちと共に戦えるような力のある『原書』に見初められた方となると、今はもうそのくらいしか……」

静としても頭の痛い問題だった。

七年前の〝あの事件〟は、日本の魔法使いたちに衝撃を与えた。悲惨な結果、多くの犠牲者、おそらくは誰もが無意識に戦うことへの忌避感《きひかん》を抱いてしまったのだろう。

『原書』の魔法は契約者が心に抱《いだ》く願望をから生まれる。影響は明らかだった。

「先に目を通しましたが、この佐渡原舞《さどはらまい》さんという方に声をかけてみようと思います。日野《ひの》さんとも親しいようですから、お話くらいは聞いていただけるかと」

「さちの友だちか……」

有子は件《くだん》の名簿を眺めながら渋い顔になる。

ケガをした二人のうち一人が日野さち。一年生ながらメドヘンとしては高い素養と、実に戦い向きな魔法を持った期待の人物だった。ただし、性格に難あり。

目立ちたがりで向こう見ず、おまけに極端な〝不幸体質〟。

先日の予選では大差で勝利したにも関わらず、決着間際《まぎわ》に相手が放った魔法の流れ弾に当たってしまうというなんともしまらない理由でリタイヤしてしまった。もっとも、そのさちの体質に巻き込まれてしまったチーム唯一《ゆいいつ》の三年生の方にこそ同情すべきかもしれない。

彼女は最後の大会を病院のベッドの上で過ごすことになったのだから。

「その佐渡原舞って子を入れても三人か……なかなか厳しいね」

「出場できるだけで十分と、今は考えることにいたしましょう」

そう言って、静は名簿を片付けはじめる。

「どっか行くの？」


「学園長に呼ばれていますの。終わったら佐渡原さんに会いに行きましょう」

良い知らせであることを期待しながら、静は席を立った。


カフェテリアを後にした静は校舎へと続く小道を歩いていた。

西洋の城にも似た学園の校舎は明治時代に建てられたという。

開国を機に西洋の文化や習慣を積極的に取り入れようと、国全体が躍起《やっき》になっていた頃だ。

その流れは魔法使いたちの社会にも大きな影響を与えた。

着物は洋服に、草履《ぞうり》は革の靴に代わり、木造の建物は赤煉瓦の頑丈な西洋建築に取って代わられた。同じように学校制度が流入すると、徒弟制度や一子相伝《いっしそうでん》が普通だった魔法の技術継承も変革を余儀なくされた。そうして誕生したのが静たちの通うクズノハ女子魔法学園だった。

学園のお城のような校舎やヨーロッパの街角にでもありそうなレトロなカフェテリアは、まさにその時代の名残《なごり》だ。

古式ゆかしい日本の旧家に育った静は、遠い異国にやってきたような気分になった。

正直なところ、今でも学園の敷地を歩くのはワクワクする。

こうしていると、今にも道の向こうから異邦人が歩いてきそうな予感すらしてくる。

そんなことを考えていたまさにその時だ。木陰からふらりと一人の女が姿を見せた。

クズノハ女子魔法学園の制服こそ着ているが見たことのない顔だった。すらりと背が高く、立っているだけで妙な迫力がある。何よりその赤い髪は一度見たら忘れられないに違いない。ライオンのようだと静は思った。

「なあ、おい、アンタ。寮にはどうやって行けばいいんだ?」

唐突に聞かれて静は驚いて目を瞬《しばた》かせる。

「ああ、悪い。先に名乗るべきだったな。あたしはユーミリア・カザンだ」

「土御門静……ですわ」

すると、ユーミリア・カザンと名乗った彼女は「へぇ」と驚いた顔をする。

「土御門ってあの土御門か。ってことはおまえも〝供犠《くぎ》の魔女〟か」

「くぎのまじょ……?」

「あー、こっちじゃ〝メドヘン〟って言うんだったか」

一人前の原書使いとして認められる前の学生は見習いとして扱われるのは世界共通だが、その呼び方は国によってまちまちだ。日本の場合は学園が創設された当時、ドイツ校から講師を招いていた。彼らはドイツ語で少女という意味の〝メートヒェン〟という呼び方をしていた。外国語の発音に慣れていない日本人が、それを〝メドヘン〟と聞き間違えたのがそのまま続いているのだと静は聞いていた。カザンの使った〝クギノマジョ〟というのがどういう由来《ゆらい》によるものか少し気になったが、今はそんなことよりも、カザン本人のことだ。

〝待ち人、来《きた》るやもしれぬ〟

さっきの占いで見た文言が脳裏を過《よ》ぎる。もしかすると、ユーミリア・カザンこそが静の探し求めていたチームのメンバーなのかもしれない。

「あなたの契約した原書の名前をお聞かせくださいませ！」

「はぁ？　な、なんだよ急に……」

「いいから早く！」

「ったく、なんなんだよ……『酒呑童子《しゆてんどうじ》』だよ。これでいいか？」

静の剣幕に呆《あき》れながらカザンは答えた。

『酒呑童子』は、丹波国《たんばのくに》に住んでいたとされる鬼。または盗賊のことだ。

その伝説はいくつもの物語になって語り継がれている。おそらくは『原書』としてもかなり古く強力な力を持っていることだろう。なにより〝鬼〟に関する物語は総じて戦闘向きの魔法を持つ『原書』になると言われていた。静の期待はいやが上にも高まった。だが――

「聞いてねえのか？　あたしは諸国連合のもんだ。おまえら日本校の次の対戦相手だよ」

「え……」

予選は残る一試合あることは覚えていたが、その相手についてはまったく知らなかった。

むしろ、今の今まで考えたことすらなかった。

「なるほど、その反応からするとうちのことなんぞ眼中になかったってわけだ」

カザンは笑みを浮かべる。その瞳には怒りと敵意が込められていた。

「まあ、せいぜい今のうちに余裕をかましてるがいいさ。必ず後悔させてやる」

カザンは吐き捨てるように言うと、背を向け、去っていく。

その背中を、静はなんともいえない苦い気持ちで見送った。

「ユーミリア・カザンには会ったようだな」

部屋に入るなり、学園長は見てきたように言う。とはいえ静も今さら驚くほどではない。学園の敷地内で起っていることであれば、彼女に知らないことはない。それがクズノハ女子魔法学園の〝学園長〟というものだ。

「委員会の命令でな。しばらく我が校であずかることになった。短期留学生のようなものだ」

「それは分かりましたが、諸国連合というのは初めて聞きました」

静の疑問に、学園長は少し困ったような顔で続ける。

「諸国連合というのは、どこ国にも属さない魔法使いたちの集まりだ。言わば、はみ出し者の集まりだ。もちろん十三人委員会が認めた組織ではない。いや、組織というほどのまとまりすらなかった。……以前まではな」

「今は違うのですか?」

「うむ。それを変えたのがあのユーミリア・カザンだ。人を集め、ルールを作り、犯罪者などの不穏分子を排除していった。ついには委員会にへクセンナハトへの参加も認めさせた」

学園長の話を聞けば、ユーミリア・カザンがリーダーとして人並み以上の素養があるのは間違いない。おそらく、魔法の実力もそれに見合うものを持っているのだろう。

魔法使いは良くも悪くも実力主義だ。自分より弱い者に付き従うことはない。

静も一対一なら誰にも負けない自負はあるが、チームとして仲間と共にとなると勝手が違う。ますますもってチームの人数不足が頭の痛い問題として浮かび上がってくる。

「君を呼んだのは他でもない。新たなメンバーについての星詠みを行った結果、少し気になる〝相〟が出たのだ」

「気になる、と言いますと？」

「最初に見えたのは、たくさんの本だ。方角はここより北。そこに何かがあると出た」

静は困惑《こんわく》する。学園長ほど星詠みの技術に長《た》けた人物はそういない。どんなに混沌《こんとん》としたビジョンからでも彼女は何かしら未来のかたちを見つけ出して言葉にするからだ。

ところが、今回に限ってはあまりにも漠然《ばくぜん》としすぎていた。

「もう一つが〝月〟だ。普通なら月の満ち欠けは日時や何かの状態を指し示すが、今回に限って言えば私は真っ先に君を連想した。なぜなら月と言えば『かぐや姫』だから」

静が契約した原書『かぐや姫』は言わずと知れた月の世界から来た女性の話である。

日本校の新メンバーについて占った結果に〝月〟が見えたというのなら、それは学園長の言う通り静を指し示しているのかもしれない。だが、それでもやはり学園長らしくないと静は感じていた。本当はもっと別の理由があるのでは――

半ば直観のようなものであったが、学園長の表情からは何も察することができない。

「というわけだ。漠然としていて申し訳ないが、学園の外に出て少し様子を見てきてほしい」

「分かりました。行ってまいります――」

静はうなずくと、すぐに踵《きびす》を返した。

このままではヘクセンナハトに出られないのだ、今は藁《わら》にもすがる思いだった。

学園の北、そしてたくさんの本となると思い浮かぶのは日本一の書店街——神保町《じんぼうちょう》だ。

そこに行けば何かがある。

あまりにも漠然としているうえに、実際に正しいのかも分からない。

それでも静はホウキに跨《また》がりその場所へと向かった。

立ち並ぶビルの上からくまなく街を探索した。何度も下に降りて雑踏《ざっとう》に紛《まぎ》れたり、迷路のような路地を歩き回ったりもした。だが、何も見つからない。

魔法で姿を消している静に気づくのは野良猫くらいのものだった。

「……なにもありませんわね」

静の声には落胆の色が濃い。いくら学園長といえども百発百中ではないのは頭では理解していたが、半ば藁にもすがる思いだった静にとっては堪《こた》えた。

このまま手ぶらで帰るのも口惜《くちお》しい。わざわざ学園の外に出たのだから——

そう思っていた静の目に、鮮やかな赤と黄色い文字の看板が飛び込んできた。

静は慌《あわ》ててその魅力的な看板に背を向ける。

「い、いけませんわ。今日はお役目で来てるのですから」

ところが、どうしても後頭部の辺りに神経がいってしまう。

店頭にあった『新メニューお月見バーガー解禁!』なる文言《もんごん》が頭から離れない。

――ちょっとくらいなら。

そんな誘惑が鎌首《かまくび》をもたげる。

「そうですわ。学園長も〝月〟が見えたとおっしゃっていました。つまり、そう、これは必要な調査なのです……」

誰にともなく言い訳をして、静はいそいそとお店に足を向けるのだった。


結論から言えば、星詠みは当たっていた。

この日、土御門静は鍵村《かぎむら》葉月《はづき》と出逢《であ》う。

学園長が見た〝月〟とは、静のことだったのか、それとも名前に〝月〟を持つ少女のことなのか。はたまたファストフード店の広告なのか――今となってもう分からない。

ただ一つ、静は今でもあのオモチャのような占いの機械を信じていた。

「原書《メルヘン》」と「見習い《メドヘン》」が出逢う時、
君だけの、私だけの”物語“が紡がれる

SQ.コミックス
メルヘン・メドヘン
大好評発売中!!
JC 第1巻
原作：松 智洋/StoryWorks
キャラクターデザイン：カントク
コンテ構成：中村尚儁
漫画：山縣清継
空想の世界に憧れる
現実逃避女子高生・葉月は、ある日、
見覚えのない本をカバンの中に見つける。
その直後、魔法使いの女の子に遭遇するが…!?
一人ぼっち少女が新たな世界へ踏み出す、
魔法少女ファンタジー開幕！
ジャンプSQ.にて好評連載中！

ダッシュエックス文庫

メルヘン・メドヘン フェスト
～魔法少女たちの前日譚～

伊瀬ネキセ　斧名田マニマニ　慶野由志
原作：松 智洋／StoryWorks

2018年2月28日　第1刷発行

★定価はカバーに表示してあります

発行者　鈴木晴彦
発行所　株式会社　集英社
〒101−8050　東京都千代田区一ツ橋2−5−10
03(3230)6229(編集)
03(3230)6393(販売／書店専用) 03(3230)6080(読者係)
印刷所　株式会社美松堂／中央精版印刷株式会社

ISBN978-4-08-631229-5 C0193